クラス崩壊《ほうかい》すごろくゲーム

野月《のづき》よひら・著　なこ・絵

野いちごジュニア文庫

ドッカーン！

なにかが爆発《ばくはつ》するときって、きっとそういう音《おと》がするって思《おも》ってたんだ。
でも、ちがったの。
本当《ほんとう》になにかが近《ちか》くで大爆発《だいばくはつ》するときって、音《おと》が――いっさい聞《き》こえなくなるんだ。

マヒした聴覚《ちょうかく》を取《と》り戻《もど》したときには、辺《あた》り一面《いちめん》、血《ち》の海《うみ》だった。
その海《うみ》の中《なか》に沈《しず》んでいる、さっきまで生《い》きていたクラスメイトたち。
な……なにが起《お》こったの……？
私《わたし》の足《あし》は、見《み》なれた体育館《たいいくかん》のツヤツヤした床《ゆか》を踏《ふ》みしめている。
だけどそのシューズの先《さき》に、ぬらっと光《ひか》る赤《あか》い液体《えきたい》が当《あ》たっている。
こ……この光景《こうけい》は……なに……？
みんなが倒《たお》れている。
うつぶせになって、血《ち》まみれになって、動《うご》かない――！
「いやあああっ……！」

「なんで、なんでこんなっ……！」

ねえこれは夢《ゆめ》……？　夢《ゆめ》なんだよね？

〈『すごろくデスゲーム』、いよいよ開幕《かいまく》いたします。みなさん、すみやかに校庭《こうてい》に移動《いどう》してください〉

場違《ばちが》いなほど明《あか》るい、ゲームマスターの音声《おんせい》が、体育館《たいいくかん》に響《ひび》き渡《わた》った。

クラス崩壊すごろくゲームの生徒《せいと》たち

キャラクター紹介《しょうかい》

チーム《太陽《たいよう》》

若菜《わかな》 朱里《あかり》

目立《めだ》つタイプではないが、正義感《せいぎかん》が強《つよ》くウソのない性格《せいかく》。そのまっすぐさで、チームの希望《きぼう》となっていく。

柴崎《しばざき》 瞬《しゅん》

クラスでは目立《めだ》たない地味《じみ》な存在《そんざい》。花音《かのん》のSNSをいつもチェックしている。

星川《ほしかわ》 蒼太《そうた》

野球部《やきゅうぶ》で瀬戸《せと》とバッテリーを組《く》んでいる。追《お》いつめられると強《つよ》い性格《せいかく》。

東雲《しののめ》 花音《かのん》

SNSでバズっているインフルエンサー。口調《くちょう》はキツいが、いさぎよい性格《せいかく》。

瀬戸《せと》 ヒカル

野球部《やきゅうぶ》でピッチャーとして活躍《かつやく》しており、将来《しょうらい》を期待《きたい》されている。

鷲尾《わしお》 陽菜《ひな》

ドラマや映画《えいが》で活躍《かつやく》する超人気子役《ちょうにんきこやく》。少《すこ》し変《か》わった口調《くちょう》で話《はな》す。

鳴海《なるみ》 海《うみ》

少《すこ》し気弱《きよわ》な性格《せいかく》で、運動《うんどう》は苦手《にがて》。父親《ちちおや》が有名《ゆうめい》な政治家《せいじか》をしている。

天乃丘学園《あめのおかがくえん》　一年一組《いちねんいちくみ》

チーム《月《つき》》

鳳《おおとり》　莉央《りお》

超《ちょう》 有名財閥《ゆうめいざいばつ》のひとり娘《むすめ》。父《ちち》の仕事《しごと》について海外《かいがい》を飛《と》び回《まわ》っている。一匹《いっぴき》オオカミでクールな“孤高《ここう》の令嬢《れいじょう》”。

久遠《くおん》 陸斗《りくと》

朱里《あかり》と仲良《なかよ》しの幼《おさな》なじみ。大学《だいがく》の研究《けんきゅう》チームに誘《さそ》われるほど頭《あたま》がいい。

神谷《かみたに》 かなえ

朱里《あかり》の小学校時代《しょうがっこうじだい》からの友《とも》だち。朱里《あかり》と陸斗《りくと》と３人《にん》で昔《むかし》からよく遊《あそ》んでいる。

飛鳥《あすか》 煌《こう》

イケメンで優《やさ》しいモテ男子《だんし》だが、ある事件《じけん》を起《お》こし引《ひ》っ越《こ》してきたというウワサがある。

葉月《はづき》サラ

過去《かこ》のトラウマが理由《りゆう》で、遠《とお》くからわざわざ朱里《あかり》たちの中学《ちゅうがく》に通《かよ》っている。

錦戸《にしきど》　樹《いつき》

鷹見《たかみ》と同《おな》じバスケ部《ぶ》で、ぶつかり合《あ》いながらも切磋琢磨《せっさたくま》している。

鷹見《たかみ》　昴《すばる》

バスケ部《ぶ》に所属《しょぞく》しており、錦戸《にしきど》といつもレギュラー争《あらそ》いをしている。

もくじ

最初《さいしょ》の運試《うんだめ》し

「ね、朱里《あかり》！　このケーキめっちゃおいしい！」

親友《しんゆう》のかなえちゃんが満面《まんめん》の笑《え》みで、ショートケーキを口《くち》いっぱいにほおばっていた。

体育館《たいいくかん》には白《しろ》い布《ぬの》がかかった丸《まる》テーブルがたくさん置《お》かれていて、その上《うえ》にはおいしそうなごちそうがたくさん並《なら》んでいる。

私《わたし》たち天乃丘中学校《あめのおかちゅうがっこう》の一年一組《いちねんいちくみ》は、なんと正式《せいしき》に、全国《ぜんこく》の中学校《ちゅうがっこう》で一番《いちばん》『優秀《ゆうしゅう》』だと認《みと》められたんだ！

たくさんの記者《きしゃ》やカメラマンに囲《かこ》まれなが

ら表彰《ひょうしょう》されて、今《いま》はそのお祝《いわ》いの会《かい》に参加《さんか》しているまっさいちゅう。

先生《せんせい》たちはえらい人《ひと》たちと別室《べっしつ》で話《はな》しているので、体育館《たいいくかん》には私《わたし》たちのクラスと、給《きゅう》仕《じ》をしてくれているスタッフさんしかいなかった。

だからかな？　みんなすごくテンションが高《たか》い。もちろん、私《わたし》も！

「おい、このチキン食《く》ったか⁉　俺《おれ》、こんなにうまい肉《にく》食《く》ったの初《はじ》めてだ！」

「こっちのハンバーグもヤバいぞ。こんなことなら朝飯《あさめし》抜《ぬ》いてくればよかったわ〜！」

ほかのクラスメイトたちも、あちこちでごちそうをパクついている。

うちのクラスは、個性的《こせいてき》で目立《めだ》つ人《ひと》がとても多《おお》い。インフルエンサーや、子役《こやく》として活《かつ》躍中《やくちゅう》の俳優《はいゆう》、小説家《しょうせつか》や、財閥《ざいばつ》のお嬢様《じょうさま》なんて子《こ》もいるんだよね。

そのほかにも、スポーツで活躍《かつやく》していたり、頭《あたま》がすごくよかったり……みんな、本当《ほんとう》にすごいんだ！　今回《こんかい》の表彰《ひょうしょう》も、きっとそのおかげかな。

私自身《わたしじしん》はこれといって得意《とくい》なこともない、いわゆる〝モブ〟ってやつだけど。でも、こんな優秀《ゆうしゅう》なメンバーと一緒《いっしょ》に学校生活《がっこうせいかつ》を送《おく》れるなんて、ものすごくラッキーだよね！

よし、今日《きょう》はたくさん食《た》べるぞ！　こんな機会《きかい》、めったにないもん！

なんて思《おも》ったときだった。

「なに見《み》てんだよ柴崎《しばざき》！」

近《ちか》くでトゲのある言葉《ことば》が聞《き》こえて、ふり返《かえ》る。

SNS《エスエヌエス》でバズって、有名《ゆうめい》になった東雲花音《しののめかのん》ちゃんだ。花音《かのん》ちゃんたちのグループは、私《わたし》たちの後《うし》ろのほうで柴崎瞬《しばさきしゅん》くんに文句《もんく》を言《い》っていた。

「柴崎《しばざき》さあ、さっきからずっと花音《かのん》のこと見《み》てるよね～」

「昨日《きのう》も花音《かのん》のポストにまっさきに『いいね』つけたんでしょ？　ネットストーカーじゃん。キモッ」

「……あっ、ご、ごめっ……」

花音《かのん》ちゃんは舌打《したう》ちをして、柴崎《しばざき》くんをにらんでいる。

「モゴモゴしゃべってんじゃねーよ！　言《い》いたいことあんならはっきり言《い》え！」

「す、すみませっ……」

その一方《いっぽう》で。

「おい、それ俺《おれ》の肉《にく》だぞ！」

「俺《おれ》が先《さき》に取《と》ったんだから、俺《おれ》のだ！」

私《わたし》たちの前《まえ》のテーブルでは、鷹見昴《たかみすばる》くんと錦戸《にしきど》樹《いつき》くんがぎゃーぎゃー騒《さわ》いでる。

同《おな》じバスケ部《ぶ》でレギュラー争《あらそ》いをしている二人《ふたり》は、ちょっとしたことですぐにぶつかる、いわゆる『ケンカ友《とも》だち』ってやつなんだって。

「はあ……まただよ」

かなえちゃんが苦笑《にがわら》いしながら、やれやれと肩《かた》をすくめた。

「ほんっと、ウチのクラスって騒《さわ》がしいよね。まあ、こんだけ個性的《こせいてき》な人《ひと》が集《あつ》まってたら、しかたないかもしれないけど」

「だよね。せっかくのごちそう、もっとなごやかな空気《くうき》で食《た》べたかったなぁ」

「なに笑《わら》ってんだ、二人《ふたり》とも」

「陸斗《りくと》！」

隣《となり》のテーブルにいた陸斗《りくと》が、キッシュののったお皿《さら》を持《も》ったまま私《わたし》たちのそばに来《き》た。

陸斗《りくと》は私《わたし》の幼《おさな》なじみ。頭《あたま》がすごくよくて、中学生《ちゅうがくせい》ながら大学《だいがく》の研究《けんきゅう》チームに誘《さそ》われているんだって。

有名人《ゆうめいじん》なのに気取《きど》ってなくて、こんな普通《ふつう》の私《わたし》とも相変《あいか》わらず仲良《なかよ》くしてくれる、貴《き》重《ちょう》な友《とも》だちなんだよね。

「朱里《あかり》、食《た》べてるか？　料理《りょうり》がぜんぜん減《へ》ってないぞ」

「そうだよ朱里《あかり》。このケーキとか絶品《ぜっぴん》だから！　あんなの無視《むし》して、食《た》べよ食《た》べよ！」

満面《まんめん》の笑《え》みを見《み》せるかなえちゃんに、私《わたし》も笑《わら》って「そうだね」って答《こた》えた。

取《と》り分《わ》けていたチョコレートケーキを口《くち》に運《はこ》んだ、そのとき。

「……あれ？」

どうしたんだろ。急《きゅう》に、足《あし》がふらっと揺《ゆ》れた。

立《た》っていられなくて、思《おも》わず座《すわ》り込《こ》む。あちこちでクラスメイトたちがうずくまったり、倒《たお》れたりしているのが見《み》えた。

「どうしたんだろ……なんか……急《きゅう》に……」

隣《となり》でかなえちゃんがパタッと倒《たお》れて、寝息《ねいき》を立《た》て始《はじ》めた。

「かなえちゃん……!?」

だめだ、私《わたし》も、まぶたがどんどん重《おも》くなっていく。

まるで地球《ちきゅう》にまぶたを引《ひ》っ張《ぱ》られているみたい。もう目《め》が開《あ》けられない。

頭《あたま》がふわふわして……くらくらして——……。

——……。

「……り！　朱里《あかり》……！」

パチッと目《め》を開《あ》けた。

「かなえちゃん……？」

「よかった。目《め》、覚《さ》めたんだね！」

心配《しんぱい》そうに私《わたし》を見《み》つめるかなえちゃんと目《め》が合《あ》った。その隣《となり》には陸斗《りくと》がいて、安心《あんしん》したように息《いき》をついている。

「あれ、私《わたし》……」

「眠《ねむ》ってたんだよ、朱里《あかり》」

陸斗《りくと》が真剣《しんけん》な口調《くちょう》で言《い》った。

「ううん、朱里《あかり》だけじゃない。俺《おれ》たちみんな……一年一組《いちねんいちくみ》のメンバー、全員《ぜんいん》が眠《ねむ》ってたんだ」

「えっ!?」

あわてて体《からだ》を起《お》こす。

そこは、さっきと同《おな》じ体育館《たいいくかん》の中《なか》だった。

違《ちが》ったのは、テーブルやごちそうがすでに片付《かたづ》けられていたこと。クラスメイトたちが不安《ふあん》そうにひそひそ話《はな》していること。そして……。

「かなえちゃんも、陸斗《りくと》も、そんなチョーカーしてたっけ」

かなえちゃんと陸斗《りくと》の首《くび》には、メタリックに光《ひか》るチョーカーが巻《ま》かれていた。それに、首元《くびもと》には三日月《みかづき》のマークが描《か》かれている。

「これさ、いつのまにか首《くび》につけられてたんだ。このマークも……。私《わたし》だけじゃないよ。クラス全員《ぜんいん》がそうなの。朱里《あかり》も」

えっ⁉

あわてて首《くび》を触《さわ》る。ほ……ほんとだ。

「朱里《あかり》は太陽《たいよう》のマークなんだね」

「人《ひと》によってマークが違《ちが》うの？」

「うん。月《つき》のマークと、太陽《たいよう》のマーク、あと星《ほし》のマークがあるらしいよ。さっき、あっちで花音《かのん》たちが騒《さわ》いでたのを聞《き》いたから」

なんだろう……なんかすごく、イヤな感《かん》じ。**まるで、誰かに支配されているみたい。**

いったい、どうなってるの……？

首《くび》をかしげた、そのとき。

ウィーン、と音《おと》がして、体育館《たいいくかん》の舞台《ぶたい》の上《うえ》から真《ま》っ白《しろ》いスクリーンがおりてきた。

パッと画面《がめん》がつく。

そこにうつっていたのは、とっても不思議《ふしぎ》な人《ひと》だった。

真《ま》っ白《しろ》い仮面《かめん》に、黒一色《くろいっしょく》の服《ふく》。雰囲気《ふんいき》でなんとなく男《おとこ》の人《ひと》だってわかる。怖《こわ》い話《はなし》で人気《にんき》の動画配信者《どうがはいしんしゃ》みたい……。

〈天乃丘中学校《あめのおかちゅうがっこう》、一年一組《いちねんいちくみ》のみなさん。こんにちは〉

男《おとこ》の人《ひと》はそう言《い》いながら大《おお》きく手《て》を広《ひろ》げた。小《ちい》さく誰《だれ》かがヒッと声《こえ》をあげる。

……変《へん》な声《こえ》。まるで機械《きかい》が読《よ》み上《あ》げているかのような調子外《ちょうしはず》れな、明《あか》るい声色《こわいろ》。

〈そしておめでとうございます。厳正《げんせい》なる審査《しんさ》の結果《けっか》、みなさんは政府公認《せいふこうにん》のゲーム……『すごろくデスゲーム』のサンプル対象《たいしょう》に選《えら》ばれました〉

すごろくデスゲーム……？　サンプル対象《たいしょう》って、なに……？

〈私《わたし》はこのゲームの司会進行《しかいしんこう》を任《まか》されました、ゲームマスターです。どうぞよろしくお願《ねが》いいたします〉

そう言《い》って、男《おとこ》の人《ひと》……ゲームマスターは画面《がめん》の中《なか》でお芝居《しばい》みたいなお辞儀《じぎ》をした。

「ちょ……ちょっと待《ま》ってよ！」

真《ま》っ青《さお》な顔《かお》で悲鳴《ひめい》混《ま》じりの声《こえ》をあげたのは、鳴海海《なるみうみ》くん。

鳴海《なるみ》くんはちょっとおどおどした男《おとこ》の子《こ》で、ふだんあまり大《おお》きな声《こえ》をあげたりしない。

それなのに、彼《かれ》は拳《こぶし》をにぎりしめて叫《さけ》んでいる。

「あ……あれはまだ実験段階《じっけんだんかい》って、パパが言《い》ってた！　こ、こんなの、パパが聞《き》いたら許《ゆる》さないぞ！」

「おい、鳴海《なるみ》、なに言《い》ってるんだ⁉」

瀬戸《せと》ヒカルくんが鳴海《なるみ》くんを問《と》い詰《つ》める。鳴海《なるみ》くんは真《ま》っ青《さお》な顔《かお》でこういった。

「ぼ……僕《ぼく》のパパ、政治家《せいじか》だって知《し》ってるよね。パパから聞《き》いたんだ。今度《こんど》、あるゲームを、中学生《ちゅうがくせい》に試《ため》す予定《よてい》だって。でもすごく危険《きけん》だから、まだ実験段階《じっけんだんかい》なんだって……」

気《き》づけば、体育館《たいいくかん》の中《なか》はしんっと静《しず》まりかえっている。みんな鳴海《なるみ》くんの言葉《ことば》に注目《ちゅうもく》しているみたい。

「危険《きけん》なゲームってどういうことだ？」

陸斗《りくと》がつばを飲《の》み込《こ》みながら問《と》いかける。

「すごろくデスゲームはただのゲームじゃない……。本当《ほんとう》に優秀《ゆうしゅう》な人《ひと》を選別《せんべつ》するためのゲーム。その名《な》の通《とお》り、生《い》き残《のこ》りをかけたデスゲームなんだ……！」

えっ……。

「なんだよそれ……」

「俺《おれ》たちが、それに選《えら》ばれたっていうのか!?」

スクリーンではゲームマスターが大《おお》げさに拍手《はくしゅ》をしている。

〈さすが鳴海《なるみ》くん。お父様《とうさま》の言《い》うことをよく覚《おぼ》えていらっしゃいますね。すばらしい〉

ゲームマスターはことさら芝居《しばい》がかった口調《くちょう》でこう言《い》った。

〈今《いま》からみなさんには、命《いのち》をかけたすごろくデスゲームをおこなっていただきます。これは次世代《じせだい》のリーダーを育成《いくせい》するため、政府《せいふ》がおこなう公式《こうしき》なゲームです。**みなさんに拒否権《きょひけん》はありません**〉

じゃ、じゃあ本当《ほんとう》に……？

呆然《ぼうぜん》としている私《わたし》たちを置《お》き去《ざ》りにして、ゲームマスターは明《あか》るい口調《くちょう》で話《はな》し始《はじ》めた。

〈みなさんにはこれより三《みっ》つのチームにわかれて戦《たたか》っていただきます。首元《くびもと》に、それぞれ所属《しょぞく》しているチームのマークが描《か》かれていますのでご確認《かくにん》ください〉

あっ……！

私《わたし》は思《おも》わず自分《じぶん》の首元《くびもと》を押《お》さえた。

ここに描《か》かれていたマーク……私《わたし》は《太陽《たいよう》》、陸斗《りくと》とかなえちゃんは《月《つき》》……。

そのほかにも、《星《ほし》》のマークがあるって、言《い》ってた。

これがチームなの？

〈ルールは簡単《かんたん》。この学校《がっこう》のすべてがすごろくの会場《かいじょう》となっています。みなさんはチームごとに屋上《おくじょう》にある『あがり』マスを目指《めざ》していただきまして、先《さき》に到着《とうちゃく》したチームが勝者《しょうしゃ》となります〉

学校全体《がっこうぜんたい》が……すごろくの、会場《かいじょう》……？

〈なお、『あがり』へはチーム全員《ぜんいん》でたどり着《つ》かなくても問題《もんだい》ありません。だれかひとりでも生《い》き残《のこ》り、『あがり』にたどり着《つ》ければ、そのチームを勝者《しょうしゃ》と認《みと》めます。勝《か》ったチームはごほうびとしてなんでも願《ねが》いを叶《かな》えてさしあげましょう〉

「それって……もし、負《ま》けたら……どうなるの？」

誰《だれ》かが小《ちい》さくつぶやいた。その声《こえ》が届《とど》いたみたい。ゲームマスターは待《ま》ってましたと言《い》わんばかりに大《おお》きくうなずいた。

〈負《ま》けたチームは次世代《じせだい》リーダーとして失格《しっかく》だと判断《はんだん》し、全員死《ぜんいんし》んでもらいます〉

……えっ、ど、どういうこと？

「なにそれ、なにかのイベント？」

「いたずらとかなんじゃないの……？」

ざわざわとみんながどよめく。そのとき。

「バッカじゃねーの？」

そう声《こえ》をあげたのは、花音《かのん》ちゃんだ。花音《かのん》ちゃんは、きれいに整《ととの》った髪《かみ》をかき上《あ》げて
バカにしたみたいに笑《わら》う。

「デスゲームとか、アニメの見過《みす》ぎじゃね？　イタすぎて草《くさ》も生《は》えないんだけど」

「わかる～。どう考《かんが》えてもおかしいもんね」

クラスメイトたちの数人《すうにん》も花音《かのん》ちゃんたちと一緒《いっしょ》になって笑《わら》っている。

「だいだい政府公認《せいふこうにん》とかなんとか、もう怪《あや》しすぎるんだって」

「……っちがう！　本当《ほんとう》のことなんだ。すごく危《あぶ》ないゲームなんだって、パパが！」

必死《ひっし》になって主張《しゅちょう》する鳴海《なるみ》くんに、花音《かのん》ちゃんたちは鼻《はな》で笑《わら》った。

「パパ、パパって。ファザコンかよ」

「ね～花音《かのん》、こんなんほっといて、帰《かえ》ろ帰《かえ》ろ。今日《きょう》買《か》い物《もの》一緒《いっしょ》にしようって約束《やくそく》してたっ

しょ」

そう言《い》いながら、花音《かのん》ちゃんたちのグループは体育館《たいいくかん》の扉《とびら》に手《て》をかけた。

そのとき。

〈どうしても信《しん》じてもらえないようですね〉

ひやりとした口調《くちょう》だった。まるでナイフをつきつけられているかのような気持《きも》ちになって、思《おも》わずつばを飲《の》み込《こ》む。

〈しかたがありません。信《しん》じてもらうためには、こうするしかありませんね〉

な、なに？　なんだか、すごくイヤな予感《よかん》がする！

〈運《うん》も実力《じつりょく》のウチ。こんな乱暴《らんぼう》な手段《しゅだん》はとりたくありませんでしたが、やむを得《え》ませんね〉

「待《ま》て！　何《なに》をするつもりだ！」

〈では、運命《うんめい》のルーレット、スタート！〉

ゲームマスターが手《て》をあげた。スクリーンの画面《がめん》が切《き》り替《か》わり、太陽《たいよう》、月《つき》、星《ほし》のマークがランダムに表示《ひょうじ》されて、そして。

ピタリと星《ほし》のマークで止《と》まった。

次《つぎ》の瞬間《しゅんかん》！

音《おと》が――いっさい聞《き》こえなくなった。ううん、ちがう。ものすごい大《おお》きな音《おと》が、近《ちか》くでしたから。耳《みみ》がマヒしちゃったんだ。

吹《ふ》き飛《と》ばされるんじゃないかってくらいの風《かぜ》と、目《め》を開《あ》けていられないくらいの光《ひかり》！

まぶしい……！　あわてて腕《うで》で目《め》をかばう。ぼわん、とマヒした聴覚《ちょうかく》が戻《もど》ってきて、

ゆっくりと目《め》を開《あ》けて……！

そして。

な……なにが起《お》こったの……？

体育館《たいいくかん》の床《ゆか》が、一面赤《いちめんあか》いものに覆《おお》われている。

クラスメイトのみんなが、倒《たお》れている。

うつぶせになって、血《ち》まみれになって、動《うご》かない――！

無事《ぶじ》だったクラスメイトは、呆然《ぼうぜん》とした顔《かお》で立《た》ち尽《つ》くしていた。

「お、おい！　大丈夫《だいじょうぶ》か⁉」

陸斗《りくと》が、あわてて倒《たお》れていた子《こ》の腕《うで》を取《と》り――真《ま》っ青《さお》な顔《かお》で声《こえ》をかけた。

「し……死《し》んでる……」

〈チーム《星《ほし》》、全員死亡《ぜんいんしぼう》を確認《かくにん》いたしました〉

スピーカーから、無機質《むきしつ》な音声《おんせい》が入《はい》った。

しんっと体育館《たいいくかん》が静《しず》まりかえって、そして。

「ひっ……」

生《い》き残《のこ》った誰《だれ》かが、小《ちい》さく声《こえ》をもらした。それを皮切《かわき》りに、あちこちから悲鳴《ひめい》があがる。

「いやああああっ……！」

「なんだよこれ！　どうなってんだよ!!」

「冗談《じょうだん》キツイって！　そういうの笑《わら》えないからっ……」

花音《かのん》ちゃんが、隣《となり》で倒《たお》れた子《こ》の体《からだ》をゆすった。でも、ピクリとも動《うご》かない。

「ウソでしょ、おい！　起《お》きろ、起《お》きろよっ……！」

〈これで、本物《ほんもの》のデスゲームだと言《い》うことがおわかりいただけましたね？〉

まわりの騒《さわ》ぎを全《まった》く気《き》にしていない様子《ようす》で、ゲームマスターは言《い》う。

「あ、朱里《あかり》……っ」

私《わたし》の隣《となり》にいたかなえちゃんが、ぎゅっと私《わたし》の腕《うで》にしがみついてきた。

私《わたし》は、なにも言《い》えない。まるで映画《えいが》を観《み》ているみたいに現実感《げんじつかん》がない。

ねえこれは夢《ゆめ》……？　夢《ゆめ》なんだよね？

だってあんなに血《ち》が出《で》てて、み……みんな、倒《たお》れてて……！

「こんなの、ウソだよね……⁉」

夢《ゆめ》なんかじゃない。

ぷんとただよう血《ち》の匂《にお》いが、これは現実《げんじつ》なんだって教《おし》えてくれている。

でも……でもっ……！

「ねえ誰《だれ》か！　ウソだって言《い》ってよ……！」

〈無事《ぶじ》に生《い》き残《のこ》った《太陽《たいよう》》と《月《つき》》のチームのみなさん、おめでとうございます！〉

ゲームマスターの場違《ばち》がいなほど明《あか》るい声色《こわいろ》が体育館《たいいくかん》に響《ひび》いた。

〈『すごろくデスゲーム』、いよいよ開幕《かいまく》いたします。みなさん、すみやかに校庭《こうてい》に移動《いどう》してください〉

【生存者一覧《せいぞんしゃいちらん》】

チーム《太陽《たいよう》》七名《ななめい》

東雲花音《しののめかのん》　柴崎瞬《しばさきしゅん》　瀬戸《せと》ヒカル
鳴海海《なるみうみ》　星川蒼太《ほしかわそうた》　若菜朱里《わかなあかり》　鷲尾陽菜《わしおひな》

チーム《月《つき》》七名《ななめい》

飛鳥煌《あすかこう》　鳳莉央《おおとりりお》　神谷《かみたに》かなえ　久遠陸斗《くおんりくと》
鷹見昴《たかみすばる》　錦戸樹《にしきどいつき》　葉月《はづき》サラ

大縄爆発《おおなわばくはつ》ゲーム～チーム《太陽《たいよう》》～

私《わたし》たちは言《い》われた通《とお》りにおとなしく体育館《たいいくかん》から出《で》た。誰《だれ》も逃《に》げようとしない。

ううん、逃《に》げられないって言《い》った方《ほう》がいいのかも。

《星《ほし》》チームのみんなが倒《たお》れたあと、体育館《たいいくかん》に何人《なんにん》もの黒服《くろふく》の男《おとこ》の人《ひと》がやってきた。

その人《ひと》たちは無言《むごん》で私《わたし》たちを取《と》り囲《かこ》んだ。うながされて、おとなしく言《い》うことを聞《き》いたのは……男《おとこ》の人《ひと》たちの腰《こし》に立派《りっぱ》な銃《じゅう》が下《さ》がっていたからだ。

「ねえ……私《わたし》たち、どうなっちゃうの」

かなえちゃんがブルブル震《ふる》えながら私《わたし》の横《よこ》を歩《ある》いている。

いつも自信満々《じしんまんまん》の花音《かのん》ちゃんも、真《ま》っ青《さお》な顔《かお》で渡《わた》り廊下《ろうか》を歩《ある》いていた。その後《うし》ろに柴崎《しばさき》くんがいても、いつもみたいに文句《もんく》を言《い》わない。

「今《いま》はおとなしくして。あの人《ひと》たちの言《い》うことを聞《き》いた方《ほう》がいいわ」

そう言《い》ったのは、鳳《おおとり》莉央《りお》さんだ。

鳳《おおとり》さんは超有名《ちょうゆうめい》な財閥《ざいばつ》のひとり娘《むすめ》。

お父《とう》さんのお仕事《しごと》について回《まわ》って、秘書《ひしょ》みたいなことをしているんだって聞《き》いてる。海外《かいがい》で暮《く》らすこともあるらしくて、いろんな国《くに》の言葉《ことば》が話《はな》せるんだとか。

「……鳳《おおとり》さん。キミはずいぶんと落《お》ち着《つ》いてるんだね」

ぽそっとつぶやいたのは、鷲尾陽菜《わしおひな》さん。

陽菜《ひな》さんは超人気子役《ちょうにんきこやく》で、ドラマや映画《えいが》で活躍《かつやく》している俳優《はいゆう》さんだ。背《せ》もちっちゃくてかわいい顔《かお》をしているんだけど、少《すこ》し変《か》わった口調《くちょう》で話《はな》す。

「呼吸《こきゅう》に乱《みだ》れがない。震《ふる》えている様子《ようす》もないし、視線《しせん》もまっすぐだ。どこにもおびえがない。……どうしてだろうね」

「場数《ばかず》の問題《もんだい》よ」

鳳《おおとり》さんはちらっと陽菜《ひな》さんを見《み》て、淡々《たんたん》と言《い》った。

「立場的《たちばてき》に危《あぶ》ない目《め》にあうことも多《おお》いのよ。だからこういうときに取《と》り乱《みだ》したら最後《さいご》ってことがわかっているの。それだけ」

「ふうん。じゃあそういうことにしておこう」

二人《ふたり》の間《あいだ》で、バチッと火花《ひばな》が散《ち》った気《き》がした。

「ねえ朱里《あかり》！　ちょっと、見《み》て、あれ！」

かなえちゃんが私《わたし》の手《て》をぐっと引《ひ》いた。指《ゆび》をさした場所《ばしょ》を見《み》て――！

「な、なに、アレ……！」

みんなも気《き》づいたみたいで、不安《ふあん》そうな声《こえ》があちこちから聞《き》こえる。

いつもどおりの校庭《こうてい》。そして、いつもどおりの校舎《こうしゃ》。

でも……見《み》えるはずの外《そと》の景色《けしき》がいっさい、見《み》えない。

校門《こうもん》から先《さき》は真《ま》っ白《しろ》の世界《せかい》が続《つづ》いていた。まるでプラネタリウムのドームの中《なか》に、学校《がっこう》がすっぽりおさまってしまったみたい。

「こんなことって……」

「いったい、どうなってるんだ……？」

いつの間《ま》に描《か》かれていたんだろう。校庭《こうてい》の一番《いちばん》はじには、二《に》チーム全員《ぜんいん》が入《はい》れそうなくらい大《おお》きく描《か》かれた四角《しかく》いマス。その中《なか》には『ふりだし』という文字《もじ》が見《み》える。

そこから校庭《こうてい》を横切《よこぎ》るようにして四角《しかく》いマスが連《つら》なって描《か》かれている。それは、校舎《こうしゃ》の中《なか》まで続《つづ》いているみたいだった。

「すごろく……」

学校全体《がっこうぜんたい》が、すごろくのマスになっているっていうのは、こういうことだったんだ。

スタート

『ふりだし』に全員《ぜんいん》が集《あつ》まったのを見計《みはか》らったように、スピーカーからゲームマスターの声《こえ》が聞《き》こえた。

〈全員準備《ぜんいんじゅんび》ができたようですね。それではこれより、『すごろくデスゲーム』の詳《くわ》しいルールを説明《せつめい》します〉

詳《くわ》しいルール……。

〈今《いま》からみなさんにはチームごとに行動《こうどう》していただきます。まずはタブレットをお受《う》け取《と》りください。チームにつきひとつずつ、用意《ようい》してあります〉

近《ちか》くにいた黒服《くろふく》の男《おとこ》の人《ひと》たちがタブレットを取《と》り出《だ》し、私《わたし》と陸斗《りくと》にそれぞれ渡《わた》した。

〈ルールはとても簡単《かんたん》です。その**タブレットに搭載《とうさい》されているアプリを使《つか》って、サイコロをふってください。**出《で》た目《め》のぶんだけコマを進《すす》めることができます〉

タブレットの画面《がめん》には、サイコロマークのアプリがダウンロードされている。

これを……使《つか》うの？

〈マスは全部《ぜんぶ》で60マス。コマを進《すす》めて、先《さき》に屋上《おくじょう》の『あがり』までたどりついたチームが勝者《しょうしゃ》です〉

「質問《しつもん》なんだが」

陸斗《りくと》が声《こえ》をあげた。

「このすごろくデスゲーム……コマというのは、もしかして、俺《おれ》たちか……？」

〈その通《とお》りです。さすが、久遠《くおん》くん。理解力《りかいりょく》がありますね。みなさんにはすごろくデスゲームのコマになっていただき、実際《じっさい》に学校《がっこう》の中《なか》を移動《いどう》していただきます〉

学校《がっこう》のレクリエーションかなにかだったら、面白《おもしろ》そうって思《おも》ってたかもしれない。

でもこれはデスゲーム。デスゲームということは、人《ひと》が死《し》ぬ……ってことだよね？

〈止《と》まった各《かく》マスでは、そのマスに対応《たいおう》した試練《しれん》を受《う》けていただきます〉

試練《しれん》……？　いったい、なにをさせられるの？

〈成功《せいこう》すれば大《おお》きくマスを進《すす》められる『チャンスマス』もありますので、ぜひご活用《かつよう》ください。ただし、失敗《しっぱい》した場合《ばあい》はそれ相応《そうおう》のペナルティを受《う》けていただきます。ご了承《りょうしょう》ください〉

「ペナルティ……」

みんなの喉《のど》がゴクッと鳴《な》った。

イヤな予感《よかん》がする。だって、こんなゲームでのペナルティなんて……命《いのち》にかかわるものだとしか思《おも》えないよ！

〈また、こちらの指示《しじ》なく指定《してい》されたマスから出《で》るのは禁止《きんし》です。**もし勝手《かって》にマスから出《で》た場合《ばあい》は、首《くび》に装着《そうちゃく》してあるチョーカーが爆発《ばくはつ》します**〉

「ば、爆発《ばくはつ》!?」

とっさに首元《くびもと》を押《お》さえる。これが爆発《ばくはつ》したら、命《いのち》が無事《ぶじ》なわけない……!

〈そして、さきほどもお伝《つた》えしたとおり、負《ま》けたチームは次世代《じせだい》を担《にな》う資格《しかく》がないと判断《はんだん》し、全員死《ぜんいんし》んでもらいます。以上《いじょう》がゲームのルールです。なにかご質問《しつもん》はございますか?〉

つまり……。

私《わたし》は手《て》のひらをぎゅっと握《にぎ》りしめた。

このゲームで生《い》き残《のこ》るためには、各《かく》マスの試練《しれん》に成功《せいこう》しながら、相手《あいて》チームよりも先《さき》に屋上《おくじょう》の『あがり』までたどり着《つ》かなければならない。

そういう……こと。

そこまで考《かんが》えて、私《わたし》はハッと目《め》を見開《みひら》いた。

震《ふる》える手《て》で、首元《くびもと》のチョーカーを触《さわ》る。

私《わたし》は《太陽《たいよう》》。陸斗《りくと》とかなえちゃんは……《月《つき》》。

同《おな》じことに気《き》づいたのだろう、かなえちゃんは私《わたし》の腕《うで》をぎゅっとつかんだまま、ブルブル震《ふる》えている。陸斗《りくと》も真《ま》っ青《さお》な顔《かお》で、私《わたし》の顔《かお》を見《み》つめていた。

〈質問《しつもん》がないようなので、早速《さっそく》ゲームを始《はじ》めましょう！　それでは、先攻後攻《せんこうこうこう》のシャッフル、スタート！〉

ゲームマスターの声《こえ》に合《あ》わせて、タブレットが起動《きどう》する。

太陽《たいよう》と月《つき》のマークがランダムに表示《ひょうじ》されて、ピタッと止《と》まった。

〈先攻《せんこう》は、《太陽《たいよう》》です。それでは、サイコロをふってください〉

「ふってくださいって……！　だれがやるの!?」

花音《かのん》ちゃんが震《ふる》える声《こえ》で言《い》った。

「わ……私《わたし》はイヤだから！」

「そんなの、みんなイヤに決《き》まってるだろ！」

あっという間《ま》に言《い》い争《あらそ》いになる。

スピーカーから、ゲームマスターの声《こえ》が響《ひび》いた。

〈サイコロをふらないと、チーム《太陽《たいよう》》は棄権《きけん》と見《み》なします。どうしますか？〉

「ひっ……！」

鳴海《なるみ》くんが頭《あたま》を抱《かか》えた。

棄権《きけん》……そんなこと、できない。

だって、そんなことをしたら、私《わたし》たち、し、死《し》んじゃう……！

「そうだ、朱里《あかり》。あんたがやってよ！」

えっ、私《わたし》……!?

「タブレット受《う》け取《と》ったの、あんたでしょ!?」

「おい、東雲《しののめ》！」

「だ、だいじょぶだよ」

声《こえ》をあげる瀬戸《せと》くんをなだめて、私《わたし》はむりやり笑《わら》った。

「わ……私《わたし》、やってみるよ」

本当《ほんとう》はすごく怖《こわ》い。逃《に》げ出《だ》したい。

でも、このまま誰《だれ》もやらなかったら……死《し》んじゃうんだ。それだけは、イヤ……！

「朱里《あかり》……」

陸斗《りくと》が心配《しんぱい》そうに私《わたし》を見《み》つめている。私《わたし》は、震《ふる》える手《て》でタブレットに表示《ひょうじ》されてい

るサイコロマークをタップした。

くるくるとサイコロが画面上《がめんじょう》で回《まわ》り、そして――！

〈6の目《め》が出《で》ました。チーム《太陽《たいよう》》、6マス進《すす》んでください〉


言《い》われた通《とお》り、四角《しかく》いマスを6個分《こぶん》、前《まえ》に進《すす》む。一《ひと》つのマスがかなり大《おお》きいから、進《すす》むにもちょっと時間《じかん》がかかる。

私《わたし》たちは校庭《こうてい》の真《ま》ん中《なか》あたりまで歩《ある》いたところで、足《あし》をとめた。

ここが、6マス目《め》……！

四角《しかく》く切《き》り取《と》られたマスの中央《ちゅうおう》には、一本《いっぽん》の大縄《おおなわ》が意味《いみ》ありげに置《お》いてあった。

「ここで、なにか試練《しれん》があるんだよな……？」

星川蒼太《ほしかわそうた》くんがつぶやいた、そのとき。

タブレットにパッと何《なに》かが表示《ひょうじ》された。

▼▼▼大縄爆発《おおなわばくはつ》ゲーム
・チーム全員《ぜんいん》で大縄飛《おおなわと》びをすること
・制限時間《せいげんじかん》は一時間《いちじかん》。時間内《じかんない》に三十回連続《さんじっかいれんぞく》で跳《と》べたらクリアです
・大縄《おおなわ》には爆弾《ばくだん》が仕込《しこ》まれています
・縄《なわ》につまづくと、爆発《ばくはつ》メーターが1ずつUPします
・爆発《ばくはつ》メーターが5までたまると、爆発《ばくはつ》します
・一定時間跳《いっていじかんと》ばなかった場合《ばあい》は、ゲームを放棄《ほうき》したと判断《はんだん》します
・ゲームを放棄《ほうき》したら、全員死亡《ぜんいんしぼう》

これが、試練《しれん》の内容《ないよう》⁉

ウ……ウソ……！

「なに、これ！」

花音《かのん》ちゃんが声《こえ》を荒《あら》らげた。星川《ほしかわ》くんも真《ま》っ青《さお》な顔《かお》でタブレットを凝視《ぎょうし》している。

「試練《しれん》クリアか、死《し》ぬか、の二択《にたく》じゃないか！　こんなの……！」

そのとき。

「落《お》ち着《つ》け」

瀬戸《せと》ヒカルくんが口《くち》を開《ひら》いた。

「大縄飛《おおなわと》びだろ？　大丈夫《だいじょうぶ》だ。三十回《さんじっかい》なら不可能《ふかのう》な数字《すうじ》じゃない。しかも、四回《よんかい》も失敗《しっぱい》できるんだぞ。これはラッキーだと思《おも》った方《ほう》がいい！」

「瀬戸《せと》……」

星川《ほしかわ》くんが、ふっと息《いき》をついた。

「そうだな、瀬戸《せと》の言《い》うとおりだ。最初《さいしょ》からあきらめていたら跳《と》べるものも跳《と》べないな」

「野球部最強《やきゅうぶさいきょう》の俺《おれ》と星川《ほしかわ》がいるんだぞ。大縄三十回《おおなわさんじっかい》くらい余裕《よゆう》に決《き》まってる。みんな、大丈夫《だいじょうぶ》だ、俺《おれ》たちがリードする。絶対《ぜったい》に成功《せいこう》させるぞ！」

す……すごい。一気《いっき》に空気《くうき》が変《か》わった！

瀬戸《せと》くんは野球部《やきゅうぶ》で、ピッチャーとして活躍《かつやく》してる。星川《ほしかわ》くんはその相方《あいかた》で、優秀《ゆうしゅう》なキャッチャーだ。

普段《ふだん》から息《いき》がピッタリの二人《ふたり》は、将来《しょうらい》プロの野球選手《やきゅうせんしゅ》になれるんじゃないかって期待《きたい》されているんだって。

なんだかむくむくと勇気《ゆうき》がわいてきた。

「よし、縄《なわ》を回《まわ》すのは俺《おれ》と星川《ほしかわ》だ」

「ちょっと！」

文句《もんく》を言《い》ったのは花音《かのん》ちゃんだ。

「なんで勝手《かって》に決《き》めてんの⁉ 安全《あんぜん》な場所《ばしょ》にいたいってこと⁉」

「花音《かのん》ちゃん、そんな言《い》い方《かた》……！」

思《おも》わず声《こえ》に出《だ》した私《わたし》を、瀬戸《せと》くんが止《と》めた。

「そう思《おも》われても仕方《しかた》ない。けどな、大縄《おおなわ》を回《まわ》すのには力《ちから》がいるだろ。東雲《しののめ》の言《い》いたいこともわかるが、この中《なか》でずっと重《おも》い縄《なわ》を回《まわ》し続《つづ》けられるやつはいるか？」

花音《かのん》ちゃんは運動神経《うんどうしんけい》はいいけど、すごく華奢《きゃしゃ》。陽菜《ひな》さんも俳優《はいゆう》さんだから体力《たいりょく》がないわけじゃないと思《おも》うけど、ずっと回《まわ》し続《つづ》けるのは無理《むり》なんじゃないかな。

鳴海《なるみ》くん、柴崎《しばさき》くんの二人《ふたり》……。頭《あたま》はいいけど、運動《うんどう》は苦手《にがて》だったはず。

私《わたし》も、あんな重《おも》い縄《なわ》、ずっと回《まわ》すのはキツい……。

ぐっと花音《かのん》ちゃんは唇《くちびる》を噛《か》んだ。

星川《ほしかわ》くんと瀬戸《せと》くんが縄《なわ》を持《も》ち、私《わたし》たちもスタンバイする。

「よし、行《い》くぞ！　せーの！」

「いーち！」

「にー！」

二人《ふたり》のかけ声《ごえ》に合《あ》わせて、必死《ひっし》にジャンプする。

「十四《じゅうよん》！　十五《じゅうご》！」

は、半分《はんぶん》まで来《き》た……！

そのとき。

「あっ……！」

鳴海《なるみ》くんが縄《なわ》につまづいた！　そのままなし崩《くず》しに倒《たお》れてしまう。

〈爆発《ばくはつ》メーターが1にあがりました。爆発《ばくはつ》まであと4、です〉

どくん、と心臓《しんぞう》が鳴《な》った。このメーターが5になったら、ば、爆発《ばくはつ》しちゃう！

ということは、あと三回《さんかい》しか、失敗《しっぱい》できないっ！

「失敗《しっぱい》は誰《だれ》にでもある！　気《き》にするな。もう一回《いっかい》だ！」

瀬戸《せと》くんと星川《ほしかわ》くんが気《き》を取《と》り直《なお》すように、再《ふたた》び縄《なわ》を回《まわ》し始《はじ》める。

でも……！

〈爆発《ばくはつ》メーターが3にあがりました。爆発《ばくはつ》まであと2、です〉

ど、どうしよう……！

〈爆発《ばくはつ》メーターが4にあがりました。爆発《ばくはつ》まであと1、です〉

シンッ……と校庭《こうてい》が静《しず》まりかえっている。私《わたし》たちは荒《あら》い息《いき》で、立《た》ち尽《つ》くしてしまった。

もう、失敗《しっぱい》できない。

足下《あしもと》がぐらぐらする。どんなに息《いき》をゆっくり吸《す》おうとしても、うまくいかない。

誰《だれ》もなにも言《い》わなかった。

瀬戸《せと》くんも、星川《ほしかわ》くんも、青《あお》い顔《かお》で縄《なわ》を握《にぎ》りしめている。

「お、おい、どうする」

「どうするって言《い》っても……」

ヒック、とだれかのしゃくり上《あ》げるような声《こえ》が聞《き》こえた。鳴海《なるみ》くんがボロボロと涙《なみだ》をこぼしている。

「パパ……僕《ぼく》、死《し》にたくないよっ……」

「うっさいこのファザコン！　そんなのみんな、死《し》にたくないに決《き》まってんだろ！」

花音《かのん》ちゃんが爪《つめ》を噛《か》みながら声《こえ》を荒《あら》らげた。

そのとき。

〈制限時間《せいげんじかん》まで、あと十五分《じゅうごふん》です〉

無情《むじょう》にもアナウンスが時間《じかん》を告《つ》げる。

ど、どうしよう……！　怖《こわ》い……！

だって、次《つぎ》失敗《しっぱい》したら、私《わたし》たち、全員《ぜんいん》——！

「よし」

瀬戸《せと》くんが大《おお》きく息《いき》を吸《す》って、縄《なわ》を握《にぎ》りなおした。

「もう一回《いっかい》だ」

「瀬戸《せと》！」

星川《ほしかわ》くんの声《こえ》に、瀬戸《せと》くんはニカッと笑《わら》ってみせる。

「このままだと負《ま》けるだけ。なら、勝《か》つことを考《かんが》えよう！」

みんな、ぽかんとした顔《かお》で瀬戸《せと》くんを見《み》ていた。私《わたし》も同《おな》じ顔《かお》をしていると思《おも》う。

「……瀬戸《せと》ヒカル。キミはすごい」

陽菜《ひな》さんが、花《はな》が咲《さ》いたような温《あたた》かい笑顔《えがお》を浮《う》かべた。

「キミが強《つよ》いのは知《し》っていたけど。それは、心《こころ》が美《うつく》しいからだ。しなやかでとても強《つよ》い。さすが、私《わたし》の……恋人《こいびと》だ」

……えっ。

「ええええええ!?　ウ、ウソ!?　陽菜《ひな》さんと瀬戸《せと》くん、付《つ》き合《あ》ってたの!?」

「お、おい、鷲尾《わしお》。内緒《ないしょ》にしようって言《い》ったの、お前《まえ》のほうだろ……っ！」

「ごめん。でも、あまりにも私《わたし》の恋人《こいびと》がかっこよかったから、つい口《くち》から出《で》てしまったんだ」

し、知《し》らなかった！　でも、すごくお似合《にあ》いの二人《ふたり》だ。

見《み》てるこっちが恥《は》ずかしくなるくらい、二人《ふたり》は照《て》れている。

「マジかよ……瀬戸《せと》」

「ってか、そういうの、あとでやんなよ……」

花音《かのん》ちゃんもあっけにとられた声《こえ》で言《い》う。でも、さっきまでのピリピリした空気《くうき》は消《き》えて、空気《くうき》がなごんでいる。

〈制限時間《せいげんじかん》まで、あと十分《じっぷん》です〉

私《わたし》たちはもう一度位置《いちどいち》についた。あと十分《じっぷん》しかない。十分《じっぷん》で三十回《さんじっかい》クリアしなきゃいけないのに、さっきまで感《かん》じていた足《あし》のすくむような恐怖《きょうふ》が消《き》えている。

もしかしたら、陽菜《ひな》さんは、それを狙《ねら》ってわざとあのタイミングで暴露《ばくろ》したのかな？

そうだとしたら、陽菜《ひな》さんもすごい……！　私《わたし》にはとても思《おも》いつかないよ！

「よ、よし、気《き》を取《と》り直《なお》して行《い》くぞ！　いーち！」

「にー！」

縄《なわ》が回《まわ》り始《はじ》める。ぐっと集中力《しゅうちゅうりょく》が増《ま》しているのが自分《じぶん》でもわかった。

「十五《じゅうご》！　十六《じゅうろく》！」

半分《はんぶん》を切《き》った！

「……二十《にじゅう》！　二十一《にじゅういち》！」

もうちょっと！

「……二十八《にじゅうはち》、二十九《にじゅうく》！」

お願《ねが》い――……！

「三十《さんじゅう》！」

――……あっ。

「と、跳《と》べた……？」

「跳《と》べた！　三十回《さんじっかい》、跳《と》べたよ！」

ワッと私《わたし》たちは声《こえ》をあげた。信《しん》じられない！　チャレンジ、クリアだ！

そう思《おも》った、次《つぎ》の瞬間《しゅんかん》……！

「はっ……？」

星川《ほしかわ》くんが、大縄《おおなわ》をにぎりしめていた。そして、その縄《なわ》を瀬戸《せと》くんに……思《おも》い切《き》り、投《な》げつける！

縄《なわ》が、瀬戸《せと》くんに当《あ》たって……！　そして。

〈爆発《ばくはつ》メーターが5になりました〉

――ビーッ！　ビーッ！　ビーッ！

とつぜんスピーカーから警告音《けいこくおん》が流《なが》れ始《はじ》めた。

跳《と》んでいた縄《なわ》が、赤《あか》く点滅《てんめつ》している……！

も、もしかして、爆発《ばくはつ》メーターのセンサーが反応《はんのう》した!?

「瀬戸《せと》……」

星川《ほしかわ》くんが、瀬戸《せと》くんをにらみつけていた。

「信《しん》じてたのに。お前《まえ》、俺《おれ》のこと、バカにしてたんだな」

瀬戸《せと》くんは、ハッと目《め》を見開《みひら》いて、真《ま》っ青《さお》な顔《かお》で首《くび》をふった。

「ち、ちがう……！」

「ほ、星川《ほしかわ》くん!?　なに言《い》ってんの!?」

「瀬戸《せと》はな！　俺《おれ》が鷲尾《わしお》のこと、す……好《す》きなのを知《し》ってて！　付《つ》き合《あ》ってるの、黙《だま》っていやがった。それどころか『相談《そうだん》に乗《の》る』とか言《い》ってたよなあ！　俺《おれ》、瀬戸《せと》だからと思《おも》って、信頼《しんらい》して……ぜんぶ話《はな》したのに！」

星川《ほしかわ》くんは真《ま》っ赤《か》な顔《かお》で、瀬戸《せと》くんに詰《つ》め寄《よ》った。

「お前《まえ》はそれを陰《かげ》で笑《わら》っていやがったんだな!?　『鷲尾《わしお》は俺《おれ》の恋人《こいびと》なのに残念《ざんねん》だな』って

笑《わら》ってたんだろ！　ざっけんなよ！」

「ち、ちが……っ！」

「バカにすんのもいいかげんにしろ！」

ドンッ……！

星川《ほしかわ》くんが、瀬戸《せと》くんを突《つ》き飛《と》ばして。

――バアン……！

舞《ま》い上《あ》がった校庭《こうてい》の砂《すな》。そしてマスの中央《ちゅうおう》で……瀬戸《せと》くんはうつ伏《ぶ》せになっていた。

瀬戸《せと》くんの体《からだ》からはどくどくと血《ち》が流《なが》れ出《で》ている。ぴ、ぴくりとも……動《うご》かない……。

「瀬戸《せと》……！」

陽菜《ひな》さんがかけより、瀬戸《せと》くんの手《て》を握《にぎ》って……首《くび》をふった。

「な、なんで……爆発《ばくはつ》したの。三十回《さんじっかい》、跳《と》んだのに……！」

「そ、そうだ。クリアしたはずだよ！　どういうことだ！」

鳴海《なるみ》くんは泣《な》きながら声《こえ》を荒《あら》らげる。まるでその声《こえ》に応《こた》えるかのように、スピーカーからゲームマスターの音声《おんせい》が響《ひび》いた。

〈縄《なわ》につまずいた回数《かいすう》は、試練《しれん》をクリアしてもリセットにはなりません〉

こんな……こんなことって！

そんな……！

〈瀬戸《せと》ヒカル、死亡確認《しぼうかくにん》〉

「ははは っ……ざまあみろ」

星川《ほしかわ》くんが笑《わら》い声《ごえ》をあげた。

「ずっと前《まえ》から気《き》に食《く》わないって思《おも》ってたんだ。部活《ぶかつ》でも、キャッチャーの俺《おれ》は見向《みむ》きもされない。なのに、アイツばっかりちやほやされて、おいしいとこだけ持《も》っていきやがって……！」

「星川《ほしかわ》！　あんた、何《なに》したのかわかってんの!?　せ、瀬戸《せと》を……殺《ころ》したんだぞ！」

花音《かのん》ちゃんが悲鳴《ひめい》まじりの声《こえ》で叫《さけ》んだ。

「殺《ころ》した？　いや、違《ちが》うね。俺《おれ》はただ突《つ》き飛《と》ばしただけ。瀬戸《せと》が勝手《かって》に爆発《ばくはつ》に巻《ま》き込《こ》まれたんだ。俺《おれ》のせいじゃねー」

星川《ほしかわ》くんは笑《わら》うのをやめない。

「……最低《さいてい》」

陽菜《ひな》さんが星川《ほしかわ》くんをにらみつける。

「じゃあ鷲尾《わしお》、お前《まえ》の大事《だいじ》な大事《だいじ》な彼氏《かれし》さんは最低《さいてい》じゃなかったって言《い》うのか？　相談《そうだん》に

のるふりをして、親友《しんゆう》だって口《くち》では言《い》っておきながら、俺《おれ》がコイバナすんのを陰《かげ》で笑《わら》って
いやがったんだ。あいつは……！」

「それは、私《わたし》が内緒《ないしょ》にしようって言《い》ったから……！」

「だから、なんだよ」

すごく冷《つめ》たい声《こえ》。まるで人《ひと》が変《か》わってしまったような顔《かお》で、星川《ほしかわ》くんは陽菜《ひな》さんに詰《つ》め
寄《よ》った。

「ハハッ、ちょうどいいや。もうバレちまったしな。おい、鷲尾《わしお》、俺《おれ》の彼女《かのじょ》になれよ」

「は⁉」

「彼氏《かれし》さん死《し》んじゃったんだぜ。なら、俺《おれ》でもいいだろ」

「……星川《ほしかわ》。私《わたし》は、あなたを軽蔑《けいべつ》する！」

陽菜《ひな》さんは、目《め》に涙《なみだ》をにじませて星川《ほしかわ》くんをにらみつけた。でも、星川《ほしかわ》くんはまった
く気《き》にしていない。それどころか！

「なら力《ちから》づくで奪《うば》ってやるよ。俺《おれ》に逆《さか》らえないようにしてやる」

バッと星川《ほしかわ》くんが、タブレットを取《と》り上《あ》げた！

「ここからは俺《おれ》がリーダーだ。言《い》うことを聞《き》け！　もし聞《き》かなかったら、このタブレット

を壊《こわ》してやる。そうなったらどうなる？　サイコロもふれなくて、みーんな死《し》ぬぜ」

「ほ、星川《ほしかわ》くん……！」

「い、いい加減《かげん》にしてよっ！」

「若菜《わかな》。それに東雲《しののめ》。俺《おれ》に歯向《はむ》かうのか？」

「……っ」

がっちりした体型《たいけい》で力《ちから》も強《つよ》い星川《ほしかわ》くんを、どうこうできるとは思《おも》えない。

もしできたとしてもタブレットを壊《こわ》されたらおしまいだ。

「ククッ……俺《おれ》は勝《か》つ。見《み》てろよ瀬戸《せと》……お前《まえ》を見返《みかえ》してやる……！」

星川《ほしかわ》くんの邪悪《じゃあく》な言葉《ことば》に、誰《だれ》もが口《くち》を閉《と》ざした、その中《なか》で、陽菜《ひな》さんのすすり泣《な》く声《こえ》だけがさざ波《なみ》のように響《ひび》いていた……。


〈チーム《太陽《たいよう》》、試練《しれん》クリアを認《みと》めます。その場《ば》で待機《たいき》してください〉

【生存者一覧《せいぞんしゃいちらん》】

チーム《太陽《たいよう》》　残《のこ》り六名《ろくめい》
6／60　残《ざん》マス数《すう》54

東雲花音《しののめかのん》　柴崎瞬《しばさきしゅん》　瀬戸《せと》ヒカル
鳴海海《なるみうみ》　星川蒼太《ほしかわそうた》　若菜朱里《わかなあかり》　鷲尾陽菜《わしおひな》

チーム《月《つき》》　残《のこ》り七名《ななめい》
0／60　残《ざん》マス数《すう》60

飛鳥煌《あすかこう》　鳳莉央《おおとりりお》　神谷《かみたに》かなえ　久遠陸斗《くおんりくと》
鷹見昴《たかみすばる》　錦戸樹《にしきどいつき》　葉月《はづき》サラ

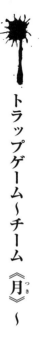

トラップゲーム～チーム《月《つき》》～

瀬戸《せと》くんの体《からだ》は黒服《くろふく》の人《ひと》たちによって運《はこ》ばれていった。

私《わたし》たちはそれを見送《みおく》ることしかできない。

重苦《おもくる》しい空気《くうき》の中《なか》、ゲームマスターの声《こえ》が校庭《こうてい》に響《ひび》いた。

〈続《つづ》きましてチーム《月《つき》》、サイコロをふってください〉

人《ひと》が死《し》のうが、どうしようが、関係《かんけい》なくゲームは続《つづ》くんだ。

なんで、私《わたし》たちがこんな目《め》にあわなきゃいけないの……？

「へえ……画面《がめん》、こうなんのか。おもしれー」

星川《ほしかわ》くんがニヤニヤ笑《わら》いながらつぶやく。

星川《ほしかわ》くんが持《も》っているタブレットを盗《ぬす》み見《み》ると、まるでテレビを見《み》ているかのようにチーム《月《つき》》が映《うつ》し出《だ》されている。

「俺《おれ》たちに、相手《あいて》の状況《じょうきょう》を見《み》せるためにやってるんだな。じゃあさっきの試練《しれん》も、チーム《月《つき》》のタブレットに映《うつ》し出《だ》されてたってことか。マジでおもしれーじゃん。俺《おれ》、このゲームけっこう好《す》きだぜ」

ククッと星川《ほしかわ》くんが笑《わら》う。

〈続《つづ》きましてチーム《月《つき》》、サイコロをふってください〉

『じゃあ、俺《おれ》が……タップする。いいな』

陸斗《りくと》の声《こえ》だ！　音声《おんせい》までしっかり拾《ひろ》うなんて、本当《ほんとう》にテレビの中継《ちゅうけい》みたいだ。

くるくるとサイコロが画面上《がめんじょう》で回《まわ》っている。そして――！

〈1の目《め》が出《で》ました。チーム《月《つき》》、1マス進《すす》んでください〉

チーム《月《つき》》が1マス進《すす》んだ、そのとき！

――チリンチリン！

な、なに!?

とつぜん、激《はげ》しく鈴《すず》のような音《おと》が鳴《な》った。

〈『チャンスマス』です。『チャンスマス』では、試練《しれん》クリアでサイコロの目《め》を無視《むし》して一《いっ》気《き》に先《さき》に進《すす》むことができます！〉

『やった！』

チーム《月《つき》》の喜《よろこ》ぶ声《こえ》が聞《き》こえた。サイコロの目《め》を無視《むし》して進《すす》めるってことは、6以《い》上《じょう》、つまり私《わたし》たちよりも先《さき》に進《すす》むことができるということだ。
でも。
『喜《よろこ》ぶのは早《はや》いぞ』
陸斗《りくと》が声《こえ》をあげる。
『きっとあるんだ。なにか罠《わな》が……』
そう言《い》った途端《とたん》、タブレットにパッと試練《しれん》が表示《ひょうじ》された。

▼▼▼トラップゲーム
・十五分《じゅうごふん》の制限時間内《せいげんじかんない》に校庭《こうてい》を駆《か》け抜《ぬ》け校舎《こうしゃ》までたどり着《つ》くこと
・校庭《こうてい》はマス目状《めじょう》に光《ひか》るようになっています
・白《しろ》のマスは安全《あんぜん》ゾーン。黒《くろ》のマスは爆発《ばくはつ》ゾーンです
・確認《かくにん》できるのは校庭《こうてい》が光《ひか》った一瞬《いっしゅん》のみ
・その一瞬《いっしゅん》で白《しろ》のマスを見《み》つけて、五秒《ごびょう》のカウント内《ない》に移動《いどう》してください
・カウント終了後《しゅうりょうご》に黒《くろ》のマスでは爆発《ばくはつ》が起《お》こります

・一度爆発《いちどばくはつ》が起《お》こるとマス目《め》がリセットされます
・安全《あんぜん》ゾーンは常《つね》に変《か》わるので、気《き》をつけましょう
・試練《しれん》に失敗《しっぱい》したり、ゲームを放棄《ほうき》したりしたら、全員死亡《ぜんいんしぼう》

『ひっ……』

チーム《月《つき》》の、葉月《はづき》サラさんが小《ちい》さく悲鳴《ひめい》をあげる。のびっぱなしの前髪《まえがみ》からおびえた目《め》がチラッと見《み》えた。

サラさんはちょっと遠《とお》い小学校《しょうがっこう》から入学《にゅうがく》してきた女《おんな》の子《こ》。中学《ちゅうがく》に入《はい》ってすぐ、大人《おとな》でもむずかしい小説《しょうせつ》の賞《しょう》を取《と》ったんだ。今《いま》では、天才《てんさい》とか鬼才《きさい》とか呼《よ》ばれてる超人気作家《ちょうにんきさっか》さんなんだって。

そんなにすごい子《こ》なのに、いつもなにかを怖《こわ》がっているかのようにびくびくしてる。

『つまり、制限時間内《せいげんじかんない》に、安全《あんぜん》ゾーンを確認《かくにん》しながら、校舎《こうしゃ》までたどり着《つ》かなければならないってこと……か？』

飛鳥煌《あすかこう》くんが青《あお》い顔《かお》でつぶやいた。

飛鳥《あすか》くんは中学入学《ちゅうがくにゅうがく》をきっかけに引《ひ》っ越《こ》してきた男《おとこ》の子《こ》。すごいイケメンが来《き》た！って騒《さわ》ぎになったくらい、かっこいい。誰《だれ》にでも優《やさ》しくて、話《はな》しやすいから超《ちょう》モテるんだ。

でも、どんなにステキな子《こ》から告白《こくはく》されても塩対応《しおたいおう》。ウワサによると、恋人《こいびと》は作《つく》らない主義《しゅぎ》なんだって。

『なんとかなるわ』

鳳《おおとり》さんがすっと前《まえ》を向《む》く。

『ようは白《しろ》く光《ひか》ったマスを見逃《みのが》さないようにすればいいの。しっかり前《まえ》を向《む》いて、確実《かくじつ》に移動《いどう》していけば安全《あんぜん》よ』

陸斗《りくと》もその声《こえ》にうなずいている。

『時間《じかん》は十五分《じゅうごふん》だろ？　焦《あせ》ったりしなければ大丈夫《だいじょうぶ》だ』

よかった……。チーム《月《つき》》は、思《おも》った以上《いじょう》に落《お》ち着《つ》いていた。

でも……！

『ふん、こんなのラクショーだぜ！』

『どうだか』

バチバチとにらみ合《あ》っているのは、鷹見《たかみ》くんと錦戸《にしきど》くんだ。
『ビビってんだろ、鷹見《たかみ》』
『は？　ざけんなよ。ビビってんのはお前《まえ》だろ錦戸《にしきど》』
『よく言《い》うぜ。こないだの試合《しあい》だって、鷹見《たかみ》がヒヨッたせいで負《ま》けたんじゃねえか』
『そういうのはレギュラーになってから言《い》え。この万年《まんねん》ベンチ野郎《やろう》』
ふんっと鷹見《たかみ》くんは鼻《はな》で笑《わら》った。
錦戸《にしきど》くんは鷹見《たかみ》くんをにらみつけて、拳《こぶし》をにぎった。
『……やんのかコラ』
『いいぜ。錦戸《にしきど》にその勇気《ゆうき》があんならな！』
『やめろ、二人《ふたり》とも！』
陸斗《りくと》が止《と》めに入《はい》った。
『こんな状況《じょうきょう》で、ケンカするなよ！　生《い》きるか死《し》ぬかの瀬戸際《せとぎわ》なんだぞ！』
二人《ふたり》は口《くち》を閉《と》じたけど、ずっとにらみ合《あ》っている。
なんだか、イヤな予感《よかん》がする……！

〈それではトラップゲーム、スタート！〉

タブレットの画面《がめん》に【15：00】と制限時間《せいげんじかん》が表示《ひょうじ》される。

そして、校庭《こうてい》のすごろくマスを除《のぞ》いたすべての地面《じめん》がパッと一瞬《いっしゅん》光《ひか》って、すぐに消《き》えた。

「は、はやい……！」

私《わたし》は思《おも》わず声《こえ》をあげる。

本当《ほんとう》に、一瞬《いっしゅん》しか光《ひか》らなかった。でも、確《たし》かに校庭《こうてい》が白《しろ》と黒《くろ》のマス目状《めじょう》になっている。

『急《いそ》げ！』

陸斗《りくと》がみんなに声《こえ》をかけ、チーム《月《つき》》がいっせいに走《はし》り出《だ》した！

〈5・4・3・2・1……！〉

――**ドカーン！**

『うわっ……！』

校庭《こうてい》のあちこちが、爆発《ばくはつ》した！

あ……あんなのに巻《ま》き込《こ》まれたら、死《し》んじゃうよ！

『目《め》を開《あ》けて！　しっかり見《み》るのよ！』

鳳《おおとり》さんが叫《さけ》ぶ。

そうだ……一回爆発《いっかいばくはつ》したら、安全《あんぜん》ゾーンはリセットされちゃうんだ！

また校庭《こうてい》がチカッと光《ひか》って、白《しろ》と黒《くろ》のマス目状《めじょう》が表示《ひょうじ》された。

〈5・4・3・2・1……！〉

——**ドカーン！**

『きゃあっ！』

サラさんが悲鳴《ひめい》を上《あ》げる。飛《と》び込《こ》むようにして安全《あんぜん》ゾーンにかけこんだ拍子《ひょうし》に、そのまま転《ころ》んでしまう！

顔《かお》を上《あ》げたときには、もうマスがリセットされたあとだった。

〈5・4・3……！〉

『ひ、ひいっ……』

『葉月《はづき》さん！』

飛鳥《あすか》くんが走《はし》る！

サラさんを一気《いっき》に横抱《よこだ》きにして、そのまま隣《となり》のマスに飛《と》び移《うつ》った！

——**ドカーン！**

サラさんがいたマスが爆発《ばくはつ》する。

『よかった、間《ま》に合《あ》った……！』

『なっ……』

サラさんは飛鳥《あすか》くんに抱《だ》かれたまま、長《なが》い前髪《まえがみ》の隙間《すきま》から彼《かれ》を見上《みあ》げていた。

飛鳥《あすか》くんはサラさんにちらっと視線《しせん》を送《おく》ると、すぐに前《まえ》を向《む》いてしまう。

『葉月《はづき》さんは、俺《おれ》が助《たす》ける』

『ど、どっ……どうしてっ』

〈5・4・3……〉

その問《と》いには答《こた》えずに、飛鳥《あすか》くんはサラさんを抱《だ》き上《あ》げたまま、どんどんマス目《め》を移動《いどう》していく。

鳳《おおとり》さんは確実《かくじつ》に一《ひと》つずつマスを移動《いどう》していた。すごく冷静《れいせい》で……無駄《むだ》のない動《うご》き。

陸斗《りくと》もかなえちゃんも、順調《じゅんちょう》だ。

〈制限時間《せいげんじかん》、あと五分《ごふん》です〉

アナウンスが聞《き》こえた頃《ころ》には、チーム《月《つき》》のメンバー全員《ぜんいん》が校庭《こうてい》の三分《さんぶん》の二《に》まで来《き》ていた。

〈5・4・3・2・1……！〉

――ドカーン！

爆風《ばくふう》にあおられて校庭《こうてい》に砂《すな》が舞《ま》い上《あ》がる。間近《まぢか》で爆発《ばくはつ》が起《お》きているんだから、怖《こわ》くないわけがないよ。

「がんばれ……」

思《おも》わず声《こえ》に出《だ》した。

「がんばれ！　チーム《月《つき》》……！」

「おい若菜《わかな》！」

星川《ほしかわ》くんが私《わたし》の胸《むね》ぐらをつかんだ。

「なに勝手《かって》に応援《おうえん》してんだよ。敵《てき》チームだぞ⁉」

「っ……敵《てき》とか、そんなの、知《し》らない……！」

このゲームは人《ひと》が死《し》ぬ。たとえ無事《ぶじ》にゴールしたとしても、私《わたし》たち《太陽《たいよう》》と相手《あいて》チームの《月《つき》》、どちらかしか生《い》き残《のこ》れない。

だけど……！

「私《わたし》、誰《だれ》にも死《し》んでほしくない！　さっきから、星川《ほしかわ》くん、おかしいよ！」

「うるせえこのモブが！　だまれよ！」

星川《ほしかわ》くんが右手《みぎて》を振《ふ》り上《あ》げた。そのとき！


〈5・4・3・2・1……！〉

――ドカーン！


『うわっ……！』

鷹見《たかみ》くんが、爆風《ばくふう》に足《あし》を取《と》られた！

そのまま足《あし》を抱《かか》えて、うずくまってしまう！

『鷹見《たかみ》⁉』

近《ちか》くにいた陸斗《りくと》が声《こえ》をあげた。でも、すぐにまた地面《じめん》が光《ひか》ってしまう。

顔《かお》に焦《あせ》りをはりつけたまま、陸斗《りくと》は別《べつ》のマスへと移動《いどう》した。

「ああっ……ヤバいよ！」

隣《となり》でタブレットを見《み》ていた鳴海《なるみ》くんが悲鳴《ひめい》をあげた。

「鷹見《たかみ》くんのマス、次《つぎ》、爆発《ばくはつ》しちゃうよ！」

ど、どうしたらいいの⁉

鷹見《たかみ》くんは足《あし》をおさえたまま、顔《かお》をゆがめていた。も、もしかして、ケガ……!?
〈5・4……〉
ああっ……どうしよう！
『この、バカやろう！』
叫《さけ》びながら、錦戸《にしきど》くんが鷹見《たかみ》くんのもとに走《はし》る！
ドンッと鷹見《たかみ》くんを突《つ》き飛《と》ばして、二人《ふたり》一緒《いっしょ》に隣《となり》の安全《あんぜん》ゾーンに転《ころ》がり込《こ》んだ！
――ドカーン！
さっきまで鷹見《たかみ》くんがいた場所《ばしょ》が、爆発《ばくはつ》する。
『錦戸《にしきど》……!?』
『足《あし》、ひねったんだろ!?』
『バカ！　なんでこんな危《あぶ》ないマネ……！』
『うるせー！　黙《だま》ってつかまれ！』
錦戸《にしきど》くんはむりやり鷹見《たかみ》くんの腕《うで》をとると、自分《じぶん》の肩《かた》にまわした。
〈5・4・3・2・1……！〉
――ドカーン！

また爆発《ばくはつ》……！

錦戸《にしきど》くんは鷹見《たかみ》くんをかばい、また隣《となり》の安全《あんぜん》ゾーンに転《ころ》がり込《こ》んだ！

〈制限時間《せいげんじかん》、あと三分《さんぷん》です〉

鳳《おおとり》さんが校舎《こうしゃ》にゴールした。続《つづ》いて、陸斗《りくと》とかなえちゃん、飛鳥《あすか》くんとサラさんもゴールする。

残《のこ》るは、あの二人《ふたり》……！

『おい錦戸《にしきど》、手《て》を離《はな》せ！　早《はや》くゴールしないと、お前《まえ》まで……！』

鷹見《たかみ》くんが、脂汗《あぶらあせ》のにじんだ顔《かお》で錦戸《にしきど》くんをにらみつけた。

『ふざけんな！　お前《まえ》に負《ま》けっぱなしのまま、死《し》なせてたまるかよ！』

――ドカーン！

〈制限時間《せいげんじかん》、あと一分《いっぷん》です〉

ああっ……神様《かみさま》、お願《ねが》い！

『二人《ふたり》とも、もう少《すこ》しだ！』

校舎《こうしゃ》の入《い》り口《ぐち》にゴールしたチーム《月《つき》》のメンバーが、必死《ひっし》な顔《かお》で声援《せいえん》を送《おく》っている。

ああ、でも……！

〈5・4・3・2・1……！〉

――ドカーン！

爆風《ばくふう》にあおられて、錦戸《にしきど》くんがよろけた。そのまま二人《ふたり》で倒《たお》れ込《こ》んでしまう！

『錦戸《にしきど》……！　お前《まえ》、血《ち》が！』

倒《たお》れた瞬間《しゅんかん》に、鷹見《たかみ》くんをかばったんだろう。錦戸《にしきど》くんは、足《あし》に大《おお》きなケガをしていた。

〈5・4……〉

『ここまでか……』

『っ……錦《にしき》、戸《ど》』

『くっそー！　次《つぎ》こそレギュラーの座《ざ》を奪《うば》ってやろうと思《おも》ってたのに』

錦戸《にしきど》くんが明《あか》るく笑《わら》う。鷹見《たかみ》くんは半泣《はんな》きで、錦戸《にしきど》くんの肩《かた》にひたいをぶつけた。

『……巻《ま》き込《こ》んで悪《わる》い』

『あやまんじゃねえよ』

〈3・2……〉

『俺《おれ》、お前《まえ》とケンカすんの……楽《たの》しかった』

『俺《おれ》も。また、あの世《よ》でケンカしような』

〈1――!〉

「ああ……」

そのまま、二人《ふたり》は目《め》を閉《と》じて……!

爆発《ばくはつ》の煙《けむり》がおさまったときには、二人《ふたり》はもう動《うご》かなかった。

体中《からだじゅう》の力《ちから》が抜《ぬ》ける。

立《た》っていられなくて、私《わたし》は……地面《じめん》にへたりこんだ。

どうして……こんなことが起《お》こってしまうの。どうして……!

「チッ。さっむい友情《ゆうじょう》見《み》せられるとかマジ萎《な》える。つまんねー」

星川《ほしかわ》くんが舌打《したう》ちをした。星川《ほしかわ》くん……本当《ほんとう》に、人《ひと》が変《か》わってしまったみたい。それとも、もともと、こういう人《ひと》だったの……?

「……こんなのひどいよ……」

鳴海《なるみ》くんが、ひそっとささやいた。

「僕《ぼく》たちが、な、なにをしたっていうんだ……」

「鳴海《なるみ》くん……?」

「ぼ……僕《ぼく》は、戦《たたか》う。僕《ぼく》だって戦《たたか》える……。絶対《ぜったい》にこんなの許《ゆる》さないんだ……!」

鳴海《なるみ》くんの、覚悟《かくご》を決《き》めたような声《こえ》。その声《こえ》をかき消《け》すかのように、アナウンスが校庭《こうてい》に響《ひび》いた。

〈鷹見《たかみ》昴《すばる》　錦戸《にしきど》樹《いつき》、死亡確認《しぼうかくにん》〉

〈チーム《月《つき》》、試練《しれん》クリアを認《みと》めます。その場《ば》で待機《たいき》してください〉

【生存者一覧《せいぞんしゃいちらん》】

チーム《太陽《たいよう》》　残《のこ》り六名《ろくめい》
6／60　残《ざん》マス数《すう》54

東雲《しののめ》花音《かのん》　柴崎《しばさき》瞬《しゅん》　瀬戸《せと》ヒカル
鳴海《なるみ》海《うみ》　星川《ほしかわ》蒼太《そうた》　若菜《わかな》朱里《あかり》　鷲尾《わしお》陽菜《ひな》

チーム《月《つき》》　残《のこ》り五名《ごめい》
12／60　残《ざん》マス数《すう》48

飛鳥《あすか》煌《こう》　鳳《おおとり》莉央《りお》　神谷《かみたに》かなえ　久遠《くおん》陸斗《りくと》
鷹見《たかみ》昴《すばる》　錦戸《にしきど》樹《いつき》　葉月《はづき》サラ

ギャンブルジュース～チーム《太陽《たいよう》》～

その後《ご》、すごろくはなんとか進《すす》んでいた。

どちらのチームもギリギリのところで試練《しれん》を乗《の》り越《こ》えて、マスを前《まえ》に進《すす》めていく。

校庭《こうてい》を抜《ぬ》けて校舎《こうしゃ》に入《はい》る。

現在《げんざい》の位置《いち》は、チーム《太陽《たいよう》》は一階《いっかい》と二階《にかい》の踊《おど》り場《ば》。

チーム《月《つき》》が二階《にかい》の普通教室《ふつうきょうしつ》で、ややリードしている状態《じょうたい》だった。

「クソッ！　このサイコロ、なんでしょぼい目《め》しか出《で》ねーんだよ！」

星川《ほしかわ》くんがイライラしながら舌打《したう》ちをくり返《かえ》した。

「あんたが操作《そうさ》してるからじゃねーの」

「か、花音《かのん》ちゃん……!?」

花音《かのん》ちゃんは、星川《ほしかわ》くんをまっすぐ見《み》つめている。星川《ほしかわ》くんはイライラしながら、床《ゆか》をけり飛《と》ばした。

「は？　今《いま》なんつった？　顔《かお》の形《かたち》変《か》えられてーのか？」

「そうやってすぐ暴力《ぼうりょく》にたよろうとするの、バッカじゃないの？」

「調子乗《ちょうしの》ってんじゃねーぞ東雲《しののめ》」

「調子乗《ちょうしの》ってんのはあんたでしょ、星川《ほしかわ》！　もう我慢《がまん》できない。私《わたし》、あんたみたいなヤツに従《したが》うなんてまっぴらだから！　この、人殺《ひとごろ》し！」

ブンッ！

星川《ほしかわ》くんの右手《みぎて》が振《ふ》りあげられた！

花音《かのん》ちゃんの前《まえ》に、さっと立《た》ちふさがったのは。

「ひ、陽菜《ひな》さん!?」

「やめて、星川《ほしかわ》。キミが欲《ほ》しいのは私《わたし》だろ。私《わたし》を殴《なぐ》るのか？」

「……鷲尾《わしお》」

「キミが誰《だれ》かを殴《なぐ》ろうとするなら、私《わたし》はその誰《だれ》かをかばう。その結果《けっか》、殴《なぐ》られるのは私《わたし》だ。いいのか、星川《ほしかわ》。キミが好《す》きなこの顔《かお》を、キミの手《て》で殴《なぐ》り、変《か》えるのか？」

「……チッ。余計《よけい》な知恵《ちえ》をつけやがって」

ぶつくさ言《い》いながら、星川《ほしかわ》くんは手《て》を引《ひ》いた。

陽菜《ひな》さんはほっと息《いき》をついた。でも、その体《からだ》は小《ちい》さく震《ふる》えている。

ただでさえ小柄《こがら》な陽菜《ひな》さんだ。

星川《ほしかわ》くんの大《おお》きな体《からだ》の前《まえ》に立《た》ちふさがるの……怖《こわ》いよね。

なんとか、しなきゃ。

星川《ほしかわ》くんは明《あき》らかにふつうじゃない。なにかがこわれてしまっているんだ。

タブレットでは、《月《つき》》チームが試練《しれん》を乗《の》り越《こ》えた様子《ようす》が映《うつ》し出《だ》されていた。

次《つぎ》は、私《わたし》たち《太陽《たいよう》》の番《ばん》。

星川《ほしかわ》くんがタブレットを操作《そうさ》しようとした、そのとき！


——ビーッ！　ビーッ！　ビーッ！

〈ルール違反《いはん》が確認《かくにん》されました〉


な、なに!?　ルール違反《いはん》……!?

警告音《けいこくおん》は、鳴海《なるみ》くんの首《くび》についているチョーカーから発《はっ》せられていた。

全体《ぜんたい》がチカチカと赤《あか》く点滅《てんめつ》して、そして……！

「ヤバい……！　離《はな》れて！」

鳴海《なるみ》くんが叫《さけ》んだ、次《つぎ》の瞬間《しゅんかん》——！


——ドカーン！

爆風《ばくふう》にとっさに目《め》をとじた。おそるおそる開《あ》けると……。

「な、鳴海《なるみ》くん……？」

鳴海《なるみ》くんが、倒《たお》れている。首《くび》から血《ち》を流《なが》して……動《うご》かない……！

「い、いやあああっ……！」

花音《かのん》ちゃんが悲鳴《ひめい》を上《あ》げた。

〈通信電波《つうしんでんぱ》を確認《かくにん》いたしました。鳴海海《なるみうみ》はあろうことか、特殊《とくしゅ》な機器《きき》を使《つか》って政治家《せいじか》の父《ちち》親《おや》に助《たす》けを求《もと》めていたようです〉

淡々《たんたん》とゲームマスターの音声《おんせい》が告《つ》げる。

〈ここでのできごとはいっさい外《そと》にもらしてはいけません。彼《かれ》は重大《じゅうだい》なルール違反《いはん》を犯《おか》したため、制裁対象《せいさいたいしょう》となりました〉

「そ、そんな……っ」

鳴海《なるみ》くん……。「僕《ぼく》も戦《たたか》う」と言《い》っていた。それは、きっとこのことだったんだ……。

「ふざけんなよ！　どうしてこんなひどいことができんだよっ……！」

花音《かのん》ちゃんは泣《な》きじゃくりながらうずくまってしまう。

……さっきまで、生《い》きていた鳴海《なるみ》くん。今《いま》は、もう動《うご》かない……。

「ククッ……ははは！　すっげえ！　見《み》たか今《いま》の！　ふっとんだぜ！」

「ほ……星川《ほしかわ》くん……、なに、言《い》ってるの……？」

「いやー、いいもん見《み》たわ。さすが鳴海《なるみ》。パパに助《たす》けを求《もと》めてたってとこまで、サイコーだぜ！」

その声《こえ》を聞《き》いた瞬間《しゅんかん》、私《わたし》の頭《あたま》の中《なか》でプチッと、なにかがはじけたような気《き》がした。

「……い、いいかげんに、してっ……！」

目《め》の前《まえ》が真《ま》っ赤《か》になりそうなくらい、ムカついた。

ふつふつと煮《に》えたぎったお湯《ゆ》が、体《からだ》の中心《ちゅうしん》から脳《のう》みそにかけてまっすぐに上《のぼ》っていくみたい。体中《からだじゅう》が……燃《も》えてるように、熱《あつ》い！

「俺《おれ》にキレんのか？　おかしいだろ」

星川《ほしかわ》くんはニヤニヤ笑《わら》う。

「殺《ころ》したのは俺《おれ》じゃねーぞ？」

「っ……！　そうだけどっ……」

胸《むね》が痛《いた》いよ。苦《くる》しくて、溺《おぼ》れそう。

「でも、クラスメイトが、あんな死《し》に方《かた》して……どうして笑《わら》ってられるの。星川《ほしかわ》くん、そんな人《ひと》じゃなかったじゃない！」

「知《し》ったような口《くち》きくんじゃねえよ」

星川《ほしかわ》くんは笑《え》みを崩《くず》さない。

「こんな状況《じょうきょう》で悲《かな》しんでエンエン泣《な》いてても意味《いみ》ねーし。なら、とことん楽《たの》しんだほうがお得《とく》だろ」

な……なに、言《い》ってるの？

ゾッとした。冷《つめ》たい氷《こおり》が背中《せなか》をすべり落《お》ちていくような感覚《かんかく》に、息《いき》をのむ。

……そう言《い》えば、瀬戸《せと》くんが、前《まえ》に言《い》っていたっけ。星川《ほしかわ》くんは、追《お》いつめられるほど強《つよ》くなるって。頼《たの》もしいって言《い》っていたのを、覚《おぼ》えてる。

それは、こういうこと……？

これが、星川《ほしかわ》くんの、強《つよ》さ……なの？

「じゃ、またサイコロをふるぜ。今度《こんど》はどんな試練《しれん》を出《だ》してくれるのか、楽《たの》しんでやろうじゃねーか！」

〈5の目《め》が出《で》ました。チーム《太陽《たいよう》》、5マス進《すす》んでください〉

チーム《月《つき》》を追《お》い越《こ》して、５マス進《すす》む。指定《してい》されたマスは二階《にかい》の廊下《ろうか》の端《はし》だ。

ここには、昼休《ひるやす》みにだけ使《つか》える自販機《じはんき》が置《お》いてある。いつもはいろいろな飲《の》み物《もの》が入《はい》っているんだけど、今《いま》は……。

「なに、これ」

自販機《じはんき》に入《はい》っているのは三《みっ》つのドリンクだった。それぞれクマ、ウサギ、キツネのイラストが描《か》かれている。

タブレットがパッと光《ひか》った。

▼▼▼ギャンブルゲーム
・三十分《さんじっぷん》の制限時間内《せいげんじかんない》に全員《ぜんいん》ドリンクを飲《の》むこと
・ただし、三《みっ》つのドリンクのうち一《ひと》つに毒薬《どくやく》が入《はい》っています
・開《あ》けたドリンクは必《かなら》ずひと口以上《くちいじょう》飲《の》みましょう
・制限時間内《せいげんじかんない》にドリンクを飲《の》まなければ全員死亡《ぜんいんしぼう》

〈ギャンブルゲーム、スタート！〉

私《わたし》たちに話《はな》し合《あ》う時間《じかん》を与《あた》えないとでもいうように、ゲームマスターの声《こえ》が聞《き》こえた。

タブレットに【30：00】の文字《もじ》が表示《ひょうじ》されて、あっという間《ま》に時間《じかん》が減《へ》っていく。

ど、どうしたらいいの!?

「わけわかんない！　どういうこと!?」

「つまり、三《みっ》つのうちのドリンクのどれかを全員《ぜんいん》飲《の》まないとだめ。でもそのうちの一《ひと》つには毒《どく》が入《はい》っている……？」

陽菜《ひな》さんと花音《かのん》ちゃんが、途方《とほう》に暮《く》れた顔《かお》で自販機《じはんき》を眺《なが》めている。

自販機《じはんき》の横《よこ》には、小《ちい》さなコップが複数用意《ふくすうようい》されていた。これにドリンクを分《わ》けて入《い》れて、みんなで飲《の》めってこと……なのかな？

でも、どれを飲《の》んだらいいのか、わからないよ！

「あっ、ちょっと待《ま》って！　ヒントが！」

私《わたし》はタブレットを指《ゆび》さした。

そこには、縦《たて》と横《よこ》に線《せん》が引《ひ》かれた表《ひょう》と、【ヒント】と書《か》かれた画面《がめん》が映《うつ》し出《だ》されている。

・赤《あか》いドリンクはとっても苦《にが》い
・クマはウサギの左《ひだり》となり
・オレンジ色《いろ》は真《ま》ん中《なか》へ
・苦《にが》みのとなりはあの世行《よゆ》き
・キツネのドリンクは　紫《むらさき》の色《いろ》
・ウサギは一番《いちばん》はじに置《お》こう

「な……なにこれ！」

そのとき、ピピッとタブレットが光《ひか》った。

『朱里《あかり》！　聞《き》こえるか!?』

「陸斗《りくと》……!?」

タブレットから、陸斗《りくと》の声《こえ》が聞《き》こえる！

「このタブレット、通話《つうわ》できるの!?」

『ああ。さっきいじってて気《き》づいた。……って、それどころじゃない。時間《じかん》もないし、端《たん》的《てき》に言《い》うぞ！』

陸斗《りくと》の声《こえ》は少《すこ》し焦《あせ》っている。

『それは、論理《ろんり》パズルだ！』

論理《ろんり》……パズル……？

『条件《じょうけん》を表《ひょう》に当《あ》てはめていけば、正《ただ》しい答《こた》えがわかる！　安全《あんぜん》なドリンクがわかるようになってるんだ！』

「条件《じょうけん》……？　表《ひょう》……!?」

『さっき、こっちで答《こた》えを解《と》いた！　安全《あんぜん》なドリンクは』

プツッ……。とつぜん、通話《つうわ》が切《き》れた。

「陸斗《りくと》……？　陸斗《りくと》！」

肝心《かんじん》な答《こた》えを聞《き》けないまま、うんともすんとも言《い》わなくなってしまったタブレット。

あんなタイミングで切《き》れるなんて。

い、いったいなにがあったの!?

「朱里《あかり》！　時間《じかん》が……！」

花音《かのん》ちゃんが悲鳴《ひめい》を上《あ》げた。ハッと目《め》をまたたかせて、時間《じかん》を確認《かくにん》する。

……もう五分《ごふん》も経《た》ってる!?　ど、どうしよう！

と、次《つぎ》の瞬間《しゅんかん》。

ずっと黙《だま》っていた星川《ほしかわ》くんが、がんっと自販機《じはんき》のボタンを全部押《ぜんぶお》した。

「ちょっと、星川《ほしかわ》くん!?」

「まどろっこしいんだよ！　とりあえずどれか飲《の》まなきゃいけないんだろ!?」

星川《ほしかわ》くんはドリンクのふたを全部開《ぜんぶあ》けてしまった。

そして、取《と》り分《わ》け用《よう》のコップにひとつずつ注《そそ》ぎ入《い》れた。

「チッ……色《いろ》、ついてねえのかよ！　クソッ」

ドリンクは無色透明《むしょくとうめい》で、色《いろ》がわからないようになってるみたいだ。ヒントに出《で》ていた赤《あか》や紫《むらさき》っていうのは、ドリンクの色《いろ》をさしているわけじゃなかった……。

ううん、それよりも……。

「星川《ほしかわ》くん……ドリンク、全部開《ぜんぶあ》けちゃった……の？　開《あ》けたドリンクは、必《かなら》ずひと口《くち》以上《いじょう》、飲《の》まなきゃいけないんだよ!?」

「飲《の》めばいいだろ」

「でも、どれか一《ひと》つには毒《どく》が入《はい》ってるって……！」

「だからどうした？」

星川《ほしかわ》くんは、とりわけたドリンクの一《ひと》つをすっと突《つ》き出《だ》した。

その相手《あいて》は……花音《かのん》ちゃん。

「飲《の》めよ」

「はっ……？」

「毒見《どくみ》しろ」

はっ……？　な、なに言《い》ってるの、星川《ほしかわ》くん……！

花音《かのん》ちゃんは青《あお》ざめた顔《かお》で首《くび》をふった。

「イ……イヤよ！　っつか、なんで人殺《ひとごろ》しのあんたに従《したが》わなきゃいけねーんだよ！」

「俺《おれ》が殺《ころ》したんじゃねーし」

「ちがう！　あんたが殺《ころ》したんだ！　瀬戸《せと》を突《つ》き飛《と》ばしたのはあんたでしょ!?　責任《せきにん》とか、感《かん》じなさいよ！」

「へーえ」

星川《ほしかわ》くんは、すごく冷《つめ》たい目《め》をしている。それなのに、口元《くちもと》はニヤッとゆがんでいて、すごく……イヤな感《かん》じ。

「それをいうなら、東雲《しののめ》だって殺《ころ》しただろ。しかも、俺《おれ》よりももっとたくさん」

……えっ？

「忘《わす》れたとは言《い》わせねえぞ。たしかお前《まえ》だったよなあ!? 最初《さいしょ》にゲームマスターにたてついたのは」

ハッと花音《かのん》ちゃんが目《め》を見開《みひら》いた。

「その結果《けっか》、どうなったのか言《い》ってやろうか？ チーム《星《ほし》》は全滅《ぜんめつ》だ」

「や……やめて……！」

ガクガク震《ふる》える花音《かのん》ちゃんを、星川《ほしかわ》くんが追《お》い詰《つ》める。

「俺《おれ》が人殺《ひとごろ》しなら、お前《まえ》も人殺《ひとごろ》しだ。それどころか、大量殺人《たいりょうさつじん》だなあ！ ハハハッ！ 責任《せきにん》とか感《かん》じろよ、なあ！ どうだ？ 何人《なんにん》もぶっ殺《ころ》した東雲花音《しののめかのん》！」

「やめてよっ……！」

「だから、飲《の》めよ。責任取《せきにんと》って毒見《どくみ》しろ！」

そのとき。

「……そうだね、たしかに責任《せきにん》を取《と》るべきだ」

低《ひく》い声《こえ》で、だれかがぼそっとつぶやいた。

……柴崎《しばさき》くんだ。

「し、柴崎《しばさき》くん……？」

柴崎《しばさき》くんは暗《くら》い瞳《ひとみ》で、ニヤッと笑《わら》う。

「へえ、柴崎《しばさき》。わかってんじゃねえか。ああ、そうか、柴崎《しばさき》、東雲《しののめ》にいろいろ嫌味《いやみ》言《い》われてたもんなぁ！　いいぜ、そういうの。歓迎《かんげい》するぜ」

星川《ほしかわ》くんもイヤな笑《え》みを浮《う》かべた。

柴崎瞬《しばさきしゅん》くん。

普段《ふだん》は教室《きょうしつ》のすみっこにいるようなタイプの、目立《めだ》たない男《おとこ》の子《こ》。

でも……ウワサでは花音《かのん》ちゃんのストーカーなんだって……聞《き》いたことがある。

花音《かのん》ちゃんの行《い》く場所《ばしょ》にいつもいるし、花音《かのん》ちゃんのことはなんでも知《し》ってる。花音《かのん》ちゃんがSNS《エスエヌエス》を投稿《とうこう》するたびに、最初《さいしょ》に『いいね』をつけるのは柴崎《しばさき》くんなんだ……って。

「思《おも》わぬところで味方《みかた》が増《ふ》えたな。ほら、飲《の》めよ東雲《しののめ》！　責任取《せきにんと》れよ！」

ぐっと花音《かのん》ちゃんの喉《のど》が鳴《な》る。罪悪感《ざいあくかん》……戸惑《とまど》い、恐怖《きょうふ》……。そんな表情《ひょうじょう》が花音《かのん》ちゃんの顔《かお》を通《とお》り過《す》ぎていく。

すると……！

「僕《ぼく》も飲《の》む」

柴崎《しばさき》くんはそう言《い》うと、取《と》り分《わ》け済《ず》みの二《ふた》つのドリンクを手《て》に取《と》った。

そのうちのひとつ、キツネのジュースが入《はい》ったカップを花音《かのん》ちゃんに渡《わた》す。

そして自分《じぶん》はウサギのジュースが入《はい》ったカップを手《て》に取《と》った。

「ちょっと、柴崎《しばさき》くん……？」

「毒見《どくみ》は一人《ひとり》より、二人《ふたり》で飲《の》んだ方《ほう》が確実《かくじつ》でしょ？」

「だからって……！」

「僕《ぼく》が好《す》きで毒見《どくみ》するんだ。誰《だれ》も止《と》められないよね」

ま、まさか！

止《と》める間《ま》もなかった。

柴崎《しばさき》くんは、カップをかたむけて、ジュースをひと口《くち》飲《の》む。そして……！

「ぐうっ……!?」

う、うそ……っ!?

おなかを押《お》さえて、柴崎《しばさき》くんが苦《くる》しみ始《はじ》める。

まさか、彼《かれ》が飲《の》んだのが……毒入《どくい》り……!?

「は、はは」

星川《ほしかわ》くんが笑《わら》い声《ごえ》をあげた。

「自分《じぶん》から死《し》ににいくなんてバカな野郎《やろう》だな」

「そ……そんな！」

「でもこれで安全《あんぜん》だ。毒入《どくい》りは柴崎《しばさき》が飲《の》んだやつってわかったんだからな！」

そう言《い》うやいなや、星川《ほしかわ》くんは最後《さいご》に残《のこ》っていたカップを取《と》り上《あ》げた。

『待《ま》て、だめだ！』

「えっ!?」

陸斗《りくと》の声《こえ》が、タブレットから聞《き》こえた。

『止《と》めろ、朱里《あかり》！　そのドリンクは……！』

「――えっ」

星川《ほしかわ》くんの口元《くちもと》から、たらっと血《ち》が流《なが》れた。

やがてゴホッと咳《せ》き込《こ》んで、血《ち》が辺《あた》り一面《いちめん》に広《ひろ》がって……！

「なっ……なんで……!?」

のたうち回《まわ》る星川《ほしかわ》くんを、すっと見下《みお》ろす人《ひと》がいた。

さっきまで、苦《くる》しんでいた柴崎《しばさき》くん……。今《いま》まで苦《くる》しんでいたのがウソみたいに冷《つめ》たい瞳《ひとみ》で、星川《ほしかわ》くんを見下《みお》ろしていた。

「東雲《しののめ》さんをイジめるやつは、僕《ぼく》が許《ゆる》さない」

し、柴崎《しばさき》くん……？

「別《べつ》によかったよ。星川《ほしかわ》がリーダーになろうと、チームが勝《か》って、鷲尾陽菜《わしおひな》が星川《ほしかわ》のものになろうと、僕《ぼく》は別《べつ》にどうでもよかった。でもね。東雲《しののめ》さんを悪者《わるもの》にして、あまつさえ毒《どく》見《み》させ殺《ころ》そうとしたことは、許《ゆる》さない！」

「な……お、お前《まえ》、東雲《しののめ》を……うらんでるんじゃ、ないのか……!?」

「うらむ？　まさか。僕《ぼく》はね、東雲《しののめ》さんのためなら死《し》んだっていいんだ！」

「クソ……ッ、クソぉおおっ……！　なんでだよ！　なん……で……」

星川《ほしかわ》くんの顔《かお》から、血《ち》の気《け》が引《ひ》いていく。

つまり……柴崎《しばさき》くんは、苦《くる》しむ演技《えんぎ》をしたってこと……？

安全《あんぜん》だとわかったドリンクを先《さき》に花音《かのん》ちゃんと自分《じぶん》で確保《かくほ》して、毒入《どくい》りを……星川《ほしかわ》くんが選《えら》ぶように仕向《しむ》けた……。そういう、こと？

星川《ほしかわ》くんが震《ふる》える手《て》をのばす。その先《さき》にいたのは……。

「わ、わし……お……たす……けっ……」

その手《て》を陽菜《ひな》さんは……さっとよけた。

そして、ものすごく冷《つめ》たい声《こえ》で、こう言《い》ったんだ。

「死《し》ね」

ぱたん……と星川《ほしかわ》くんの動《うご》きが、止《と》まった。

なにも……言《い》えない。あまりのことに、言葉《ことば》が出《で》なかった。

柴崎《しばさき》くん……なんで、星川《ほしかわ》くんを殺《ころ》したの。

なんで、花音《かのん》ちゃんをかばったの。あんなに邪険《じゃけん》にされていたのに、花音《かのん》ちゃんのために死《し》ねるって、どういうことなの……？

それに、陽菜《ひな》さんも……。まるで星川《ほしかわ》くんが死《し》ぬことを、わかっていたみたい……。

聞《き》きたいことはたくさんある。でも、なにから聞《き》いたらいいのかがわからなくて、喉《のど》が詰《つ》まった。

固《かた》まってしまった私《わたし》に、柴崎《しばさき》くんは笑《わら》いかける。

「なにしてるの。もう時間《じかん》がないよ。ドリンクを飲《の》まないと、みんな死《し》んじゃう」

……っ、そうだった！

私《わたし》たちは手元《てもと》に残《のこ》った安全《あんぜん》なドリンクをカップにとりわけ、ひと口《くち》ずつ飲《の》んだ。

でも……！

「花音《かのん》ちゃん？　早《はや》く、ドリンク飲《の》んで！」

花音《かのん》ちゃんは、ドリンクに口《くち》をつけようとしない。

うつむいて、青《あお》い顔《かお》をして、思《おも》いつめた表情《ひょうじょう》だった。

そのとき。

「……みんな」

とつぜん、花音《かのん》ちゃんが口《くち》を開《ひら》いた。

「ごめん」

——えっ⁉

「花音《かのん》ちゃん⁉」

私《わたし》の声《こえ》に、ハッと柴崎《しばさき》くんと陽菜《ひな》さんが顔《かお》をあげた。

でも、遅《おそ》かった。

花音《かのん》ちゃんは走《はし》り出《だ》し、指定《してい》されたマスから出《で》てしまう！

――ビーッ！　ビーッ！

警告音《けいこくおん》が鳴《な》り響《ひび》く！

〈許可《きょか》なくマスから出《で》てはいけません。五分以内《ごふんいない》に戻《もど》ってください〉

〈戻《もど》らない場合《ばあい》、ゲームを棄権《きけん》したとみなし、制裁《せいさい》させていただきます〉

「花音《かのん》ちゃん⁉　なにしてるの！　早《はや》く戻《もど》ってきて！」

「うるさい！」

花音《かのん》ちゃんは、涙《なみだ》を流《なが》している。

「私《わたし》、ずっと……考《かんが》えていた。星川《ほしかわ》に言《い》われるまでもない。み……みんなが死《し》んだのは、私《わたし》のせいなんだって！」

「それは……！　ちがうよ、花音《かのん》ちゃん！」

「だってそうでしょ⁉　私《わたし》があのとき、ゲームマスターにたてつかなかったら！　チーム《星《ほし》》は死《し》ななかった。星川《ほしかわ》が言《い》ってたことはその通《とお》り。わ、私《わたし》……私《わたし》が、殺《ころ》したんだ！」

「ちがう！」

思《おも》いっきり叫《さけ》んだ。

郵 便 は が き

お手数ですが
切手をおはり
ください。

104-0031

東京都中央区京橋1-3-1
八重洲口大栄ビル7階
スターツ出版(株)書籍編集部
愛読者アンケート係

(ふりがな) お名前	電話 ( )
ご住所 (〒 -)	
学年(年) 年齢(歳) 性別( )	
この本(はがきの入っていた本)のタイトルを教えてください。	

今後、新しい本などのご案内やアンケートのお願いをお送りしてもいいですか?
1. はい 2. いいえ

いただいたご意見やイラストを、本の帯または新聞・雑誌・インターネットなどの広告で紹介してもいいですか?
1. はい 2. ペンネーム( )ならOK 3. いいえ

お客様の情報を統計調査データとして使用するために利用させていただきます。また頂いた個人情報に弊社からのお知らせをお送りさせて頂く場合があります。
個人情報保護管理責任者:スターツ出版株式会社 出版マーケティンググループ 部長 連絡先:TEL 03-6202-0311

「野いちごジュニア文庫」愛読者カード

「野いちごジュニア文庫」の本をお買い上げいただき、ありがとうございました！
今後の作品づくりの参考にさせていただきますので、下の質問にお答えください。
（当てはまるものがあれば、いくつでも選んでOKです）

♥この本を知ったきっかけはなんですか？
1. 書店で見て　2. 人におすすめされて（友だち・親・その他）　3. ホームページ
4. 図書館で見て　5. LINE　6. Twitter　7. YouTube
8. その他（　　　　　　　　　　　　　　　　）

♥この本を選んだ理由を教えてください。
1. 表紙が気に入って　2. タイトルが気に入って　3. あらすじがおもしろそうだった
4. 好きな作家だから　5. 人におすすめされて　6. 特典が欲しかったから
7. その他（　　　　　　　　　　　　　　　　）

♥スマホを持っていますか？　1. はい　2. いいえ

♥本やまんがは1日のなかでいつ読みますか？
1. 朝読の時間　2. 学校の休み時間　3. 放課後や通学時間
4. 夜寝る前　5. 休日

♥最近おもしろかった本、まんが、テレビ番組、映画、ゲームを教えてください。

♥本についていたらうれしい特典があれば、教えてください。

♥最近、自分のまわりの友だちのなかで流行っているものを教えてね。
服のブランド、文房具など、なんでもOK！

♥学校生活の中で、興味関心のあること、悩み事があれば教えてください。

♥選んだ本の感想を教えてね。イラストもOKです！

ご協力、ありがとうございました！

「花音《かのん》ちゃんのせいじゃない！　もし……もし誰《だれ》かを犯人《はんにん》にするなら！　それは、このゲームを主催《しゅさい》した人《ひと》……ゲームマスターたちだよ！」

顔《かお》が熱《あつ》い。息《いき》がうまくできなくて、私《わたし》は乾燥《かんそう》した喉《のど》を少《すこ》しでもうるおしたくて、ごくっとつばを飲《の》んだ。

いつも強気《つよき》な花音《かのん》ちゃん。たしかにちょっと言葉《ことば》がキツいけど。

——ねえ花音《かのん》、隣《となり》のクラスのあいつ、超《ちょう》ウザいからさ、SNS《エスエヌエス》でそれ言《い》ってみてよ。

——は？　なんで？

——花音《かのん》がそれ言《い》えば、めっちゃ拡散《かくさん》されるじゃん。したらあいつハブられるよきっと。それすげー楽《たの》しそうじゃない？

——んなことしねーよ。バカかよ。

——……は？　バカッつった？

——言《い》った。そんなことのためにやってんじゃねーっつの。人《ひと》にそういうの言《い》ってくるあんたの神経《しんけい》、信《しん》じらんないわ。

今《いま》まで仲良《なかよ》く話《はな》してたクラスメイトに、花音《かのん》ちゃんはきっぱりとそう言《い》っていた。

それまで私《わたし》は、正直《しょうじき》……花音《かのん》ちゃんって苦手《にがて》だなって思《おも》ってたんだ。

でも、そのことを聞《き》いてからよく花音《かのん》ちゃんを見《み》るようになって。

それで、気《き》づいた。花音《かのん》ちゃんは……自分《じぶん》の信条《しんじょう》を曲《ま》げない。まっすぐで、いさぎよい人《ひと》なんだって。

「こんなゲームなんかに巻《ま》き込《こ》まれなかったら、みんな死《し》ななかった！　花音《かのん》ちゃんだけじゃない。ほ、星川《ほしかわ》くんだって、こんな状況《じょうきょう》じゃなかったら……きっと、あんなにひどいことしなかった。悪《わる》いのは、ぜんぶこのゲーム。人《ひと》の命《いのち》をおもちゃにして、争《あらそ》わせて、人《ひと》をおかしくさせるこのゲームが、ぜんぶ悪《わる》いんだ！」

ああっ、どうしたらいいの！　もうすぐ、制限時間《せいげんじかん》になっちゃうよ！

そのとき、私《わたし》の隣《となり》で、さっとだれかが動《うご》いた！

「柴崎《しばさき》くん⁉」

「東雲《しののめ》さんは死《し》なせない！」

柴崎《しばさき》くんはあっという間《ま》にマスの外《そと》に飛《と》び出《だ》していく！

――ビーッ！　ビーッ！

警告音《けいこくおん》が重《かさ》なり、響《ひび》く！

〈制裁《せいさい》まで、あと一分《いっぷん》〉

柴崎《しばさき》くんは花音《かのん》ちゃんのもとに一気《いっき》に駆《か》け寄《よ》ると、ドンッとその体《からだ》を突《つ》き飛《と》ばした。

そのまま二人《ふたり》一緒《いっしょ》に転《ころ》がって……！

——！

警告音《けいこくおん》が、止《と》まった……？

柴崎《しばさき》くんは荒《あら》い息《いき》で、転《ころ》がったまま花音《かのん》ちゃんの体《からだ》を抱《だ》きしめている。

「っ……ざっけんなよ！」

花音《かのん》ちゃんが泣《な》きじゃくった。

「死《し》なせろって言《い》ってんだよ！　陰《いん》キャのくせに助《たす》けてんじゃねーよ！」

「うるさい、この陽《よう》キャ！」

大《おお》きな声《こえ》に、花音《かのん》ちゃんがビクッと体《からだ》を震《ふる》わせる。

柴崎《しばさき》くんも涙《なみだ》を流《なが》していた。

「僕《ぼく》は、東雲《しののめ》さんに命《いのち》を救《すく》われた！　だから次《つぎ》は僕《ぼく》が助《たす》けるんだ！」

……えっ？

柴崎《しばさき》くんは花音《かのん》ちゃんから体《からだ》を離《はな》して起《お》き上《あ》がると、手《て》の甲《こう》で涙《なみだ》をぬぐった。

「僕《ぼく》が他校《たこう》の連中《れんちゅう》にからまれてたとき、東雲《しののめ》さんが助《たす》けてくれた！　『ウチのダチになにしてんの』って……！」

なにかを思《おも》い出《だ》したように、花音《かのん》ちゃんはハッと目《め》を見張《みは》った。

「僕《ぼく》、こんなんだから。昔《むかし》から目《め》をつけられてたんだ。登下校中《とうげこうちゅう》にも待《ま》ち伏《ぶ》せされて、連《つ》れ出《だ》されて……。金出《かねだ》せとか、出《だ》せないなら、し、死《し》ねとか……ナイフとか、持《も》たされて、首切《くびき》ってみろとか、言《い》われて！」

「そ、そんな……」

陽菜《ひな》さんが真《ま》っ青《さお》な顔《かお》で口《くち》を押《お》さえた。

「そんなの、犯罪《はんざい》じゃないか……！」

知《し》らなかった。そんなこと、されてたなんて。

「もう無理《むり》だって思《おも》った。だから、ナイフを持《も》って、首《くび》に当《あ》てた。あいつらは喜《よろこ》んだ。僕《ぼく》が本当《ほんとう》に切《き》るなんて思《おも》ってないんだろうなって。ふざけんな。もう、いっそ死《し》んで、こいつらを犯罪者《はんざいしゃ》にしてやろうかって……！　でも、そしたら通《とお》りがかった東雲《しののめ》さんが」

柴崎《しばさき》くんはまっすぐ花音《かのん》ちゃんの目《め》を見《み》つめた。

「ウチのダチになにしてんの、って。ざけんなクズが、って、言《い》ってくれて。あいつら、逃《に》げてった……！」

「それは！」

花音《かのん》ちゃんが声《こえ》をあげた。

「べ、別《べつ》に助《たす》けようと思《おも》ったわけじゃない。ただ、他校《たこう》のやつらがハバきかせてるのがムカついただけで……！」

「でも、僕《ぼく》は救《すく》われた！」

ぐしっと頬《ほお》を伝《つた》う涙《なみだ》を乱暴《らんぼう》にぬぐって、柴崎《しばさき》くんは叫《さけ》んだ。

「だから、東雲《しののめ》さんだけは僕《ぼく》が死《し》なせない。そう誓《ちか》ったんだ！」

……ああ、そうか。だから柴崎《しばさき》くんは、星川《ほしかわ》くんを……。

柴崎《しばさき》くんがどうしてそこまで花音《かのん》ちゃんをかばうのか、わかった気《き》がした。

花音《かのん》ちゃんはあっけにとられたような顔《かお》をして……くしゃっと顔《かお》をゆがませた。

「私《わたし》、あんたキライだよ。暗《くら》いし、何考《なにかんが》えてるかわかんないし、それなのに『いいね』

とかまっさきにつけてくるの、怖《こわ》いしキモいって思《おも》ってるよ」

「うん、知《し》ってる」

「でも……」

花音《かのん》ちゃんはすっと目《め》をふせて、安全《あんぜん》なドリンクをひと口《くち》……飲《の》んだ。

そして、すごく……すごく小《ちい》さな声《こえ》で「今《いま》までのこと、ごめん」とつぶやいた。

〈星川蒼太《ほしかわそうた》、死亡確認《しぼうかくにん》〉

〈チーム《太陽《たいよう》》、試練《しれん》クリアを認《みと》めます。その場《ば》で待機《たいき》してください〉

【生存者一覧《せいぞんしゃいちらん》】

チーム《太陽《たいよう》》 残《のこ》り四名《よんめい》
31／60 残《ざん》マス数《すう》29

東雲花音《しののめかのん》 柴崎《しばさき》 瞬《しゅん》 瀬戸《せと》ヒカル
鳴海海《なるみうみ》 星川蒼太《ほしかわそうた》 若菜朱里《わかなあかり》 鷲尾陽菜《わしおひな》

チーム《月《つき》》 残《のこ》り五名《ごめい》
26／60 残《ざん》マス数《すう》34

飛鳥煌《あすかこう》 鳳《おおとり》 莉央《りお》 神谷《かみたに》かなえ 久遠陸斗《くおんりくと》
鷹見昴《たかみすばる》 錦戸樹《にしきどいつき》 葉月《はづき》サラ

オニ退治《たいじ》～チーム《月《つき》》～

〈続《つづ》いてチーム《月《つき》》、すみやかにサイコロをふってください〉


サイコロがくるくると回《まわ》って、6の数字《すうじ》が出《で》る。

チーム《月《つき》》が私《わたし》たちの横《よこ》をすり抜《ぬ》けて、すぐ近《ちか》くの教室《きょうしつ》……32マス目《め》へと向《む》かった。

タブレットを起動《きどう》して、私《わたし》たちはチーム《月《つき》》の様子《ようす》を見《み》る。

……ほんとは、もうみんなが辛《つら》い目《め》にあってるのを、見《み》たくない。

でも、タブレットでは通話《つうわ》ができることがわかった。

もしなにかあれば、遠《とお》くからでも助《たす》けることができるはず。

『チーム《太陽《たいよう》》は、なにかもめてたみたいね』

鳳《おおとり》さんがすました顔《かお》でつぶやいていた。

『大丈夫《だいじょうぶ》なのかしら』

『……さあ』

鳳《おおとり》さんの声《こえ》に、かなえちゃんが不思議《ふしぎ》な笑《え》みを浮《う》かべて肩《かた》をすくめた。

……タブレットを見《み》ていて、気《き》づいたことがある。

例《たと》えば、鳳《おおとり》さんがとても冷静《れいせい》であることだったり、飛鳥煌《あすかこう》くんはもしかしたら、葉月《はづき》サラさんのことが好《す》きなんじゃないかって思《おも》ったり……。

今《いま》も飛鳥《あすか》くんは、サラさんのそばにいる。

『葉月《はづき》さん、何《なに》が起《お》こっても、俺《おれ》のそばから離《はな》れないで』

『えっ……あっ……ありがとう』

キラキラなイケメン顔《がお》で、飛鳥《あすか》くんはサラさんをエスコートしている。いろいろな試練《しれん》で危《あぶ》ない目《め》にあっても、常《つね》にサラさんを助《たす》けていた。

サラさん自身《じしん》は、飛鳥《あすか》くんの様子《ようす》に困惑《こんわく》しているみたい。でも、少《すこ》しずつ……距離《きょり》が縮《ちぢ》まっているようにも見《み》える。ぎこちないけど、笑顔《えがお》が増《ふ》えているのがその証拠《しょうこ》だ。

変《か》わったといえば……かなえちゃんも……。

『陸斗《りくと》くん、次《つぎ》はどんな試練《しれん》なのかな』

かなえちゃんは、陸斗《りくと》の腕《うで》に自分《じぶん》の手《て》をそっと添《そ》えている。

『神谷《かみたに》、手《て》を離《はな》せよ』

『え～いいじゃない。怖《こわ》いんだもん。陸斗《りくと》くんに守《まも》ってもらいたいな』

かなえちゃんは、ぎゅっと陸斗《りくと》の腕《うで》に抱《だ》きついた。

私《わたし》の胸《むね》に……なにか、モヤッとしたものが生《う》まれる。

かなえちゃんとは、小学校《しょうがっこう》からの親友《しんゆう》だ。かなえちゃんのことは、なんでも知《し》ってると思《おも》ってるけど……、今《いま》のかなえちゃんは、私《わたし》の知《し》らない人《ひと》みたい。

あんなふうに、陸斗《りくと》の腕《うで》に抱《だ》きつくなんて。今《いま》までのかなえちゃんなら、やらなかった。

それとも、私《わたし》の知《し》らないところで、二人《ふたり》はそういう関係《かんけい》だったの……？

「朱里《あかり》？」

花音《かのん》ちゃんが不安《ふあん》そうに私《わたし》を見《み》た。

いけない。今《いま》はゲームに集中《しゅうちゅう》しないと！

ピコッと音《おと》が鳴《な》る。

陸斗《りくと》たちのタブレットに、今回《こんかい》の試練《しれん》が表示《ひょうじ》された。

▼▼▼オニ退治《たいじ》

・一時間《いちじかん》の制限時間内《せいげんじかんない》に、校舎内《こうしゃない》に潜《ひそ》むオニを倒《たお》しましょう

・オニは全部《ぜんぶ》で五体《ごたい》。退治《たいじ》には支給《しきゅう》のナイフを使《つか》うこと

・オニは対峙《たいじ》した人《ひと》の一番恐《いちばんおそ》れている者《もの》に姿《すがた》を変《か》えます

・追《お》いかけてくるオニに捕《つか》まったら死亡《しぼう》

・全部《ぜんぶ》のオニを倒《たお》せばクリア。さらにプラスで5マス先《さき》に進《すす》めるようになります

・オニが一体《いったい》でも残《のこ》っていたら、全員《ぜんいん》オニに食《た》べられて死亡《しぼう》

『オニ退治《たいじ》……？』

『ナイフって、どういうこと？』

陸斗《りくと》たちは、不安《ふあん》そうな顔《かお》できょろきょろと辺《あた》りを見回《みまわ》している。

サラさんが、ハッとした顔《かお》で教卓《きょうたく》を指《ゆび》さした。

『ナ、ナイフ……って、アレ？』

ギラギラと光《ひか》るナイフが、五本《ごほん》。教卓《きょうたく》の上《うえ》にそろっている。

これで、オニを倒《たお》す？

倒《たお》すって……つまり……。

『まさか、これで、刺《さ》すのか⁉』

陸斗《りくと》の言葉《ことば》に、《月《つき》》のチームがざわめいた。

〈チーム《月《つき》》、各個人《かくこじん》に装着《そうちゃく》した警報装置《けいほうそうち》を解除《かいじょ》〉

カチッと陸斗《りくと》たちの首《くび》……チョーカーから音《おと》が鳴《な》った。

〈今《いま》から一時間《いちじかん》、チーム《月《つき》》のメンバーに限《かぎ》り、マスを出《で》て自由《じゆう》に動《うご》けるようになりました〉

〈それでは、オニ退治《たいじ》、用意《ようい》、スタート！〉


アナウンスが終《お》わっても、陸斗《りくと》たちはその場《ば》から動《うご》かない。

そうだよね。ナイフでそのオニを退治《たいじ》しないといけない……だなんて。そんなの、抵抗《ていこう》があるに決《き》まってるよ。

動《うご》いたのは、鳳《おおとり》さんだった。

『みんな、ナイフを持《も》って』

『鳳《おおとり》……！』

『死《し》にたいの？　このまま突《つ》っ立《た》ってても、死《し》ぬだけよ。オニは五体《ごたい》。私《わたし》たちは五人《ごにん》。一人一体《ひとりいったい》だけ倒《たお》せばいい』

『だけって、お前《まえ》……！』

『ルールではオニは校舎内《こうしゃない》にしかいないはず。簡単《かんたん》に見《み》つかると思《おも》うけど、制限時間《せいげんじかん》のこともある。バラバラに行動《こうどう》する、でいいわね』

『おい……！』

陸斗《りくと》が声《こえ》を上《あ》げるのも構《かま》わず、鳳《おおとり》さんはさっとナイフを持《も》った。そのまま、スタスタとその場《ば》をあとにしてしまう。

『……鳳《おおとり》の言《い》うことにも一理《いちり》ある』

陸斗《りくと》が、気《き》を取《と》り直《なお》したように言《い》った。

『たしかに制限時間《せいげんじかん》が怖《こわ》い。みんな、ナイフを持《も》とう。……やるしかない。やらなきゃ、死《し》ぬんだ』

『……り、陸斗《りくと》くんが、そう言《い》うなら』

『しかたない。たしかに、このままだと死《し》ぬだけだ』

パラパラと全員《ぜんいん》がナイフを持《も》った。タブレットを教卓《きょうたく》の上《うえ》に置《お》き、うなずいて、全員《ぜんいん》が教室《きょうしつ》の外《そと》へと飛《と》び出《だ》していく。

オニ退治《たいじ》……。きっと一筋縄《ひとすじなわ》ではいかないよね。

私《わたし》たちのマスの横《よこ》を走《はし》る陸斗《りくと》と、すれちがいざまに目《め》が合《あ》った。心配《しんぱい》しているのがわかったのだと思《おも》う。陸斗《りくと》は、目《め》で笑《わら》いかけてくれた。私《わたし》もなんとか笑《え》みを浮《う》かべた。

大丈夫《だいじょうぶ》。きっと、大丈夫《だいじょうぶ》だよね……？


タブレットの映像《えいぞう》が、複数画面《ふくすうがめん》に変化《へんか》している。監視《かんし》カメラを見《み》ているみたい。

「チーム《月《つき》》が個人行動《こじんこうどう》をしているから、全員《ぜんいん》の様子《ようす》が見《み》られるようになっているんだろうね」

陽菜《ひな》さんがささやいた。

「ねえ若菜《わかな》さん。若菜《わかな》さんは、鳳《おおとり》さんのこと、どれくらい知《し》ってる？」

とつぜん聞《き》かれて、思《おも》わず首《くび》をかしげた。

鳳《おおとり》さんのこと……？

「財閥《ざいばつ》のお嬢様《じょうさま》で、お父《とう》さんと一緒《いっしょ》にお仕事《しごと》で海外《かいがい》を飛《と》び回《まわ》ってたってことくらいしか、知《し》らないけど」

同《おな》じクラスだけれど、ほとんどしゃべったことがない。でも、それは私《わたし》だけじゃないと思《おも》う。

鳳《おおとり》さんは孤高《ここう》の令嬢《れいじょう》だった。とくに仲《なか》のいい人《ひと》が思《おも》いつかないし、雑談《ざつだん》をしているところも見《み》たことがない。

いつも背筋《せすじ》をまっすぐのばして、前《まえ》を向《む》いている。凜々《りり》しい人《ひと》だなという印象《いんしょう》だ。

それを陽菜《ひな》さんに伝《つた》えると、陽菜《ひな》さんもうなずいてみせる。

「私《わたし》の印象《いんしょう》と同《おな》じだ。……でも、なにか、ひっかかる」

「ひっかかる？　……なにが？」

「ゲームが始《はじ》まったときからおかしいと思《おも》っていたんだ。彼女《かのじょ》、まるで緊張《きんちょう》していない」

緊張《きんちょう》していない？

そ、そんなことってあるの？

「問《と》いただしても、場慣《ばな》れしているだけと言《い》われたよ。でも、そんな落《お》ち着《つ》き方《かた》じゃない。人《ひと》が死《し》んでいるのに……眉《まゆ》ひとつ、動《うご》かさない。おかしいよ」

陽菜《ひな》さんは眉間《みけん》にしわをよせた。

「……気《き》をつけた方《ほう》がいいかもしれない。彼女《かのじょ》は、おそらく、なにか秘密《ひみつ》を抱《かか》えている」

「秘密《ひみつ》……」

「そう。よく注意《ちゅうい》してみておこう。若菜《わかな》さんも、気《き》をつけておいてくれ」

「私《わたし》も？」

そう言《い》うと、陽菜《ひな》さんは眉間《みけん》のしわを解《と》いて、柔《やわ》らかく微笑《ほほえ》んだ。

「キミには期待《きたい》している。まっすぐで、ウソいつわりがない。少々直情的《しょうしょうちょくじょうてき》ではあるが、それもまた好《この》ましい。信頼《しんらい》できると思《おも》っている」

「えっ……？」

「柴崎《しばさき》が毒入《どくい》りドリンクを星川《ほしかわ》に飲《の》ませたとき。私《わたし》は……柴崎《しばさき》が演技《えんぎ》をしていると気《き》づいていたんだ。苦《くる》しむ『ふり』だって、すぐにわかった」

あっ……！

「でも、私《わたし》はそれを黙《だま》っていた。……柴崎《しばさき》が、星川《ほしかわ》をおとしいれようとしたのを、わかっていたのに……黙殺《もくさつ》した……」

私《わたし》の頭《あたま》に、星川《ほしかわ》くんが死《し》んだときのことがよみがえる。

たしかに、陽菜《ひな》さんは星川《ほしかわ》くんが死《し》ぬってわかってたみたいだった。

私《わたし》の勘《かん》は、合《あ》っていたんだ。

「星川《ほしかわ》が死《し》んで、私《わたし》は……ざまあみろって思《おも》った。瀬戸《せと》を殺《ころ》して、私《わたし》たちを脅《おど》した。そんなやつ死《し》んで当然《とうぜん》だって。そして、怖《こわ》かった。そんなふうに思《おも》ってしまった自分《じぶん》が。今《いま》まで守《まも》ってきたなにかが崩《くず》れた気《き》がして……」

「陽菜《ひな》さん……」

「でもキミが、悪《わる》いのはこのゲームだってはっきり言《い》ってくれた。それを聞《き》いたとき私《わたし》は、星川《ほしかわ》を憎《にく》む気持《きも》ちが許《ゆる》されたと思《おも》った。そして、星川《ほしかわ》を……理解《りかい》できるような気《き》がした」

陽菜《ひな》さんはそう言《い》うと、私《わたし》に向《む》かって微笑《ほほえ》みかける。

「星川《ほしかわ》のしたことを、きっと私《わたし》は一生許《いっしょうゆる》さない。でも、忘《わす》れてはいけないんだ。このゲームの異常性《いじょうせい》を……。人《ひと》をおかしくさせるこのゲームが、全《すべ》ての元凶《げんきょう》だということを。それを思《おも》い出《だ》させてくれた。ありがとう」

「……ほめてくれてるのは、わかるけど、むずかしいよ陽菜《ひな》さん」

そう言《い》うと、陽菜《ひな》さんはクスっと笑《わら》う。

「それでいい。キミはそうやって、まっすぐでいてくれ」

ますますわからない。首《くび》をひねった、そのとき。

「ねえ、タブレット見《み》てよ……！」

花音《かのん》ちゃんが声《こえ》をあげた。

「アレが……オニ!?」

あわてて視線《しせん》を戻《もど》すと、飛鳥《あすか》くんが何《なに》かと向《む》き合《あ》っているのが見《み》えた。

「画面《がめん》がちっちゃくて見《み》えづらいよ！」

「タップしたら大《おお》きくなるんじゃないの!?」

花音《かのん》ちゃんが、飛鳥《あすか》くんが映《うつ》ってる画面《がめん》を人差《ひとさ》し指《ゆび》で触《さわ》った、次《つぎ》の瞬間《しゅんかん》――！

『な、なんで、お前《まえ》が……ここにいるんだ！』

飛鳥《あすか》くんの、戸惑《とまど》った声《こえ》が耳《みみ》に届《とど》く。

彼《かれ》と向《む》き合《あ》っているのは、とても太《ふと》った男《おとこ》の子《こ》だった。

暗《くら》くて、じっとりとした目《め》で、飛鳥《あすか》くんを見《み》つめている……。

男《おとこ》の子《こ》は、ドタドタと飛鳥《あすか》くんめがけて走《はし》り出《だ》した！

『うわああっ……！』

「あぶない、飛鳥《あすか》くん！」

オニに捕《つか》まったら……死亡《しぼう》。たしか、ルールにはそう書《か》いてあったはず……！

飛鳥《あすか》くんは悲鳴《ひめい》を上《あ》げて逃《に》げ出《だ》した。

「あの男《おとこ》の子《こ》、いったいだれなの⁉」

「ルールによると、オニは向《む》かい合《あ》った相手《あいて》が一番恐《いちばんおそ》れている姿《すがた》に変《か》わるらしい。ということは、あの男《おとこ》の子《こ》が、飛鳥《あすか》くんの最《もっと》も怖《こわ》いものということになるが」

陽菜《ひな》さんの言葉《ことば》に、花音《かのん》ちゃんが画面《がめん》を見《み》ながら爪《つめ》を噛《か》む。

「たしかにちょっとイヤな雰囲気《ふんいき》だけど、怖《こわ》がるほど？」

「……きっと、オニの姿《すがた》かたちそのものが怖《こわ》いわけじゃないんだよ」

声《こえ》をあげたのは、黙《だま》っていた柴崎《しばさき》くんだ。

「飛鳥《あすか》くんのおびえ方《かた》……僕《ぼく》には覚《おぼ》えがある。多分《たぶん》、あの男《おとこ》の子《こ》は、彼《かれ》のトラウマ……」

トラウマ……。

飛鳥《あすか》くんは青《あお》ざめた顔《かお》のまま、空《あ》いている教室《きょうしつ》に飛《と》び込《こ》んだ。

息《いき》を整《ととの》えて頭《かぶり》を一《ひと》つふる。

『俺《おれ》は負《ま》けない。俺《おれ》は、変《か》わった。俺《おれ》は、変《か》わった……！　もうくり返《かえ》さない、誰《だれ》も傷《きず》つけないって決《き》めたんだ！』

自分《じぶん》に言《い》い聞《き》かせるように、飛鳥《あすか》くんはつぶやいて。そして——！

男《おとこ》の子《こ》が飛鳥《あすか》くんを追《お》いかけて教室《きょうしつ》に入《はい》った瞬間《しゅんかん》！

『うわあああっ……！』

ナイフを両手《りょうて》で持《も》ち、飛鳥《あすか》くんが男《おとこ》の子《こ》の腹《はら》にタックルする。ナイフが深々《ふかぶか》と男《おとこ》の子《こ》の腹《はら》にささり……。

男《おとこ》の子《こ》は顔《かお》を苦痛《くつう》にゆがめて。まるで、砂《すな》が崩《くず》れるように姿《すがた》を消《け》した。

『た、倒《たお》した……？』

飛鳥《あすか》くんはぽかんとした顔《かお》で手《て》に残《のこ》ったナイフを眺《なが》める。やがて気《き》を取《と》り直《なお》したようにナイフを握《にぎ》りなおすと、教室《きょうしつ》を飛《と》び出《だ》していった。

〈オニ、一体退治確認《いったいたいじかくにん》。残《のこ》り四体《よんたい》です〉

アナウンスが響《ひび》いた、そのとき。

——ダンッ！

大《おお》きな音《おと》が、私《わたし》たちがいるマスまで響《ひび》いた。

「な、何《なに》!?」

慌《あわ》てて画面《がめん》を元《もと》に戻《もど》して、複数《ふくすう》モードに切《き》り替《か》える。

五《いつ》つの画面《がめん》の中《なか》、そのうちの一《ひと》つ……。

あれは、鳳《おおとり》さんの画面《がめん》だ。タップして画面《がめん》を大《おお》きくすると、肩《かた》で息《いき》をしている鳳《おおとり》さんが映《うつ》り込《こ》む。

向《む》き合《あ》っているのは……。


「えっ」

私《わたし》は思《おも》わず声《こえ》をあげた。

鳳《おおとり》さんと向《む》き合《あ》っているオニの姿《すがた》は、白《しろ》いマスクに黒《くろ》い服《ふく》。

私《わたし》たちにゲームの開催《かいさい》を告《つ》げた張本人《ちょうほんにん》……ゲームマスターだったから。


「ど、どういうこと⁉　鳳《おおとり》さんのオニは、ゲームマスター……？」

「しっ、なにかしゃべっているぞ」

陽菜《ひな》さんが自分《じぶん》のくちびるに人差《ひとさ》し指《ゆび》をあてて指示《しじ》をする。

『……せ』

ゲームマスターが、調子外《ちょうしはず》れな声《こえ》で何《なに》かしゃべっている。
『鳳莉央《おおとりりお》、責務《せきむ》を果《は》たせ』
『……最低《さいてい》ね。これ、《太陽《たいよう》》に見《み》えているんでしょ？』
ちらっと上《うえ》を見上《みあ》げた鳳《おおとり》さんと目《め》が合《あ》ったような気《き》がして、ドキッと心臓《しんぞう》がはねる。
『鳳莉央《おおとりりお》、責務《せきむ》を果《は》たせ』
ゲームマスターはそう言《い》いながら地面《じめん》をけった！
鳳《おおとり》さんを捕《つか》まえようとしたんだろう、両手《りょうて》を伸《の》ばし、鳳《おおとり》さんに近《ちか》づく。
でも、鳳《おおとり》さんは冷静《れいせい》だ。
体《からだ》をひるがえして避《よ》け、ゲームマスターの腕《うで》をナイフを持《も》った手《て》でパンッと叩《たた》いた。
うずくまったゲームマスターの首《くび》に返《かえ》す手《て》でナイフを突《つ》きつけた。
『黙《だま》りなさい』
『鳳莉央《おおとりりお》、私《わたし》を殺《ころ》すのか』
『殺《ころ》すわ。あんたなんてタダの幻影《げんえい》。怖《こわ》いわけ、ないでしょ』
『ウソだ。お前《まえ》は今震《いまふる》えている』
ゲームマスターが笑《わら》っている。鳳《おおとり》さんは眉《まゆ》を軽《かる》くよせて、不機嫌《ふきげん》そうに鼻《はな》を鳴《な》らした。

鳳《おおとり》さんがナイフをふりかぶった、そのとき。

『殺《ころ》すのか。私《わたし》を』

『殺《ころ》すわ』

『殺《ころ》せるのか……？　私《わたし》は、お前《まえ》の――』

『やめて……！』

鳳《おおとり》さんは悲鳴《ひめい》を上《あ》げて、ゲームマスターの喉《のど》にナイフを突《つ》き立《た》てる！

ゲームマスターは苦《くる》しそうに顔《かお》をゆがめると、さっき見《み》た男《おとこ》の子《こ》のように、崩《くず》れて消《き》えていった。

〈オニ、一体退治確認《いったいたいじかくにん》。残《のこ》り三体《さんたい》です〉

『……ねえ、見《み》てるでしょ』

鳳《おおとり》さんが声《こえ》をあげる。私《わたし》たちに話《はな》しかけているんだ。

『勝《か》つのは私《わたし》たち、《月《つき》》チームよ』

それだけを言《い》うと、鳳《おおとり》さんはさっと体《からだ》をひるがえした。

私《わたし》たちは……なにを言《い》っていいか、わからない。

「……今《いま》のは、どういうことなの?」

「わからない。オニは一番怖《いちばんこわ》い姿《すがた》に変《か》わるというから、ゲームマスターが出《で》てくるのは不思議《ふしぎ》ではないが」

陽菜《ひな》さんはくちびるに親指《おやゆび》をあてて考《かんが》え込《こ》んだ。

「それにしては、様子《ようす》が変《へん》だ。ゲームマスターの『私《わたし》は、お前《まえ》の』という言葉《ことば》が気《き》になるな」

たしかに、気《き》になる。でも……。

「鳳《おおとり》さん、すごく……怖《こわ》がってたね……」

ゲームマスターがなにかをしゃべり始《はじ》めたとき……鳳《おおとり》さんは今《いま》までなかったくらい引《ひ》きつった顔《かお》をしていた。

まるで、聞《き》きたくないことを無理《むり》やり聞《き》かされているみたいに。

頭《あたま》がこんがらがりそうになった、そのとき。

「ねえ、また何《なに》か聞《き》こえない？」

柴崎《しばさき》くんが、ピクッと顔《かお》を上《あ》げた。

耳《みみ》を澄《す》ませると、たしかに誰《だれ》かの叫《さけ》び声《ごえ》が聞《き》こえる！

私《わたし》はあわててタブレットを操作《そうさ》した。

そして――。

「り、陸斗《りくと》!?」

タブレットに大《おお》きく表示《ひょうじ》された画面《がめん》の中《なか》では、陸斗《りくと》が立《た》ちすくんでいた。

陸斗《りくと》の前《まえ》に現《あらわ》れたオニは……。

「だれなの、あの人《ひと》。すごく優《やさ》しそうな人《ひと》だけど」

花音《かのん》ちゃんが首《くび》をかしげる。

……私《わたし》は知《し》ってる。その人《ひと》が誰《だれ》なのか。

きれいなワンピースを着《き》て、優《やさ》しい微笑《ほほえ》みをうかべた女《おんな》の人《ひと》。

あの人《ひと》は……。

「陸斗《りくと》の、お母《かあ》さん……」

「えっ……！」


陸斗《りくと》は真《ま》っ青《さお》な顔《かお》で、ナイフをにぎりしめている。

『陸斗《りくと》』

『ひっ……』

『ねえ陸斗《りくと》。あなたならできるわ。私《わたし》の自慢《じまん》の息子《むすこ》だもの。また大学《だいがく》から問題集《もんだいしゅう》をもらってきたの。もちろん、全問正解《ぜんもんせいかい》できるわね？』

陸斗《りくと》のお母《かあ》さんは、優《やさ》しい顔《かお》で手《て》を広《ひろ》げる。そのまま陸斗《りくと》を抱《だ》きしめようと近《ちか》づいた。

『や、やめろ……！　来《く》るな！』

『陸斗《りくと》。そんなひどいこと言《い》わないで。お母《かあ》さん、陸斗《りくと》のために思《おも》って言《い》ってるのよ』

『く、来《く》るなっ……！』

『信《しん》じてるわ、陸斗《りくと》』

陸斗《りくと》のお母《かあ》さんは、首《くび》をことんと傾《かし》げた。

『陸斗《りくと》ならできるわ。信《しん》じてる……』

『や、やめてくれっ……！』

ああ、だめ。こんなの、つらいよ。

私《わたし》、知《し》ってる。

ちょっと前《まえ》に、陸斗《りくと》がものすごく落《お》ち込《こ》んでいたときがあった。

どうしたの？って聞《き》いたら、お母《かあ》さんが持《も》ってきた問題集《もんだいしゅう》で、一問《いちもん》ミスしちゃったんだって。

――一問《いちもん》!?　それで、落《お》ち込《こ》んでるの!?

――そう。全問正解《ぜんもんせいかい》しないと、母《かあ》さんが泣《な》くんだよ。

――な、なんで!?　だって問題《もんだい》って、大学《だいがく》のやつをやってるんでしょ？　そんなのできなくて当《あ》たり前《まえ》じゃない！

――いや。俺《おれ》が悪《わる》いんだ。ミスしなければ、母《かあ》さんは泣《な》かずにすむんだから……。

陸斗《りくと》のお母《かあ》さんは、ちょっと情緒不安定《じょうちょふあんてい》で。

陸斗《りくと》が失敗《しっぱい》するとずっと泣《な》いて……陸斗《りくと》を責《せ》めるんだって。

——でも、このままじゃダメだ。

陸斗《りくと》はそう言《い》っていた。

——俺《おれ》、ちゃんと母《かあ》さんと話《はな》さないとダメなんだ。

——今《いま》は、勇気《ゆうき》がでないけど。でも、いつか、必《かなら》ず……。

陸斗《りくと》が一番怖《いちばんこわ》いのは……陸斗《りくと》のお母《かあ》さん。

陸斗《りくと》が逃《に》げる。

陸斗《りくと》のお母《かあ》さんは、髪《かみ》をふりみだして、泣《な》きながら陸斗《りくと》を追《お》いかけている。

『どうしてちゃんとできないの、陸斗《りくと》。お母《かあ》さんのこと、キライなの？』

『ちがう、ちがうんだっ……キライなんかじゃない！　ごめん、母《かあ》さん、ごめんっ……』

「陸斗《りくと》……！」

とっさに叫《さけ》んだ。

陸斗《りくと》は今《いま》、タブレットを持《も》っていない。だから直接声《ちょくせつこえ》を届《とど》けることはできないかもしれないけど……！

「陸斗《りくと》！　負《ま》けるな……！」

『朱里《あかり》……っ』

まさか、声《こえ》が……届《とど》いた?

陸斗《りくと》は一度《いちど》立《た》ち止《ど》まり、片手《かたて》で涙《なみだ》をふくと、ナイフを握《にぎ》りしめる。

『負《ま》けない……俺《おれ》は、母《かあ》さんと話《はな》し合《あ》って決《き》めたんだ……』

『陸斗《りくと》、母《かあ》さん、悲《かな》しいわ』

『だまれ! お前《まえ》は母《かあ》さんじゃない! オニだ! 俺《おれ》は生《い》きて……母《かあ》さんとちゃんと話《はな》す! もう逃《に》げたくないんだ……!』

陸斗《りくと》はナイフをふりかぶった!

目《め》をぎゅっと閉《と》じて、陸斗《りくと》のお母《かあ》さんの姿《すがた》をしたオニめがけて、ふりおろして……!

『陸斗《りくと》……』

そして今《いま》までのオニと同《おな》じように、砂《すな》のようになって消《き》えていった……。

陸斗《りくと》ははあはあと肩《かた》で息《いき》をする。

ぼたっと涙《なみだ》が床《ゆか》に落《お》ちた。震《ふる》える手《て》からナイフを放《ほう》り出《だ》すと、大《おお》きく息《いき》をつく。

『ぜったい、生《い》きて帰《かえ》る……!』

〈オニ、一体退治確認《いったいたいじかくにん》。残《のこ》り二体《にたい》です〉

〈残《のこ》り時間《じかん》、あと三十分《さんじっぷん》を切《き》りました〉

「あと二体《にたい》……！」

制限時間《せいげんじかん》が気《き》になるけど、でも、あと二体倒《にたいたお》せば、クリアだ。

「このまま、うまくいくといいけど……」


しかし、私《わたし》のその願《ねが》いはかなわなかったんだ。


『きゃあああっ！』

「な、なに!?」

「……サラさんだ！」

悲鳴《ひめい》が聞《き》こえて、私《わたし》たちはタブレットに目《め》をむけた。

そこには、真《ま》っ青《さお》な顔《かお》でうずくまってる葉月《はづき》サラさんと、サラさんに向《む》かい合《あ》っているオニの姿《すがた》が見《み》える。でも……！

「えっ……」

「あ、あのオニって！　飛鳥《あすか》のときと同《おな》じオニじゃない!?」

花音《かのん》ちゃんも目《め》を見張《みは》っている。

飛鳥《あすか》くんのときに姿《すがた》を現《あらわ》したオニ。じっとりとした目《め》つきの太《ふと》った男《おとこ》の子《こ》が、サラさんの前《まえ》に立《た》ちふさがっている。

『い、いやっ……！　なんであなたがここにいるの!?　来《こ》ないで！　来《こ》ないでよ!!』

『やい陰《いん》キャ！　相変《あいか》わらず気持《きも》ち悪《わる》い顔《かお》しやがって！　そんな顔見《かおみ》せてよくのうのうと生《い》きてられるな！』

男《おとこ》の子《こ》はニヤニヤと笑《わら》いながら、サラさんに近《ちか》づいていく。

『お前《まえ》、まだあの気持《きも》ち悪《わる》い小説《しょうせつ》書《か》いてんのか？　俺《おれ》がみんなの前《まえ》で音読《おんどく》してやるよ！　おいみんな〜！　葉月先生《はづきせんせい》の新作《しんさく》だぞ〜』

『や、やめて……やめてよ……』

ひ、ひどい……！

サラさんは遠《とお》いところからわざわざうちの中学《ちゅうがく》まで通《かよ》っている。なんで地元《じもと》の学校《がっこう》に行《い》かなかったのか、知《し》ってる人《ひと》はいないんだ。

もしかして……これ？　これが理由《りゆう》なの？

ううん、それより！

「な、なんで飛鳥《あすか》くんと同《おな》じオニが……!?」

「っていうか、すげームカつく！　なんなの、あいつ！」

花音《かのん》ちゃんが目尻《めじり》をつりあげた。

「葉月《はづき》も、なにか言《い》い返《かえ》してやれよ！」

サラさんは真《ま》っ青《さお》を通《とお》り越《こ》して、顔《かお》が真《ま》っ白《しろ》になっていた。見《み》ているこっちがつらいくらい、おびえて、震《ふる》えて……！

『なんで……私《わたし》、逃《に》げたのに。ようやく逃《に》げられたと思《おも》ったのに……！』

『は？　お前《まえ》、俺《おれ》から逃《に》げたの？　バカか？　逃《に》がすかよ！　うわ、コケたぜこいつ。だっせー！』

『……っ、ううっ……』

『うっわ、きもちわりー！　前髪長《まえがみなが》すぎじゃね？　俺《おれ》が切《き》ってやるよ！　あっわりーな！　切《き》りすぎた！　はは！　ウケる！　おいみんな見《み》ろよー！』

な……なんてこと……。

サラさん……小学校《しょうがっこう》で、こんなイジメにあってたの……？

こんなの、ひどいっ……！

サラさんは涙《なみだ》を流《なが》しながら、ナイフを握《にぎ》りしめた。

『お、なんだ？　まさかこの俺《おれ》に刃向《はむ》かうのか？　やってみろよ、オタク！』
『……わ、私《わたし》……っ』
サラさんは長《なが》い前髪《まえがみ》の隙間《すきま》から、男《おとこ》の子《こ》をぎっとにらんだ。
『もう……今《いま》までの……っ、言《い》いなりになってた私《わたし》じゃ……ない』
『何言《なにい》ってんのかわっかんねーよ！』
『あなたのせいで！　私《わたし》はっ……！』
サラさんはそう言《い》うと、片手《かたて》で前髪《まえがみ》をぐっと上《あ》げた。
そこには……！

「ひっ」
花音《かのん》ちゃんが小《ちい》さく悲鳴《ひめい》を上《あ》げる。
サラさんの長《なが》い前髪《まえがみ》に隠《かく》されていたのは……傷《きず》だった。
ひたいに、まっすぐ入《はい》った深《ふか》い傷《きず》……！
『突《つ》き飛《と》ばされたときにできたこの傷《きず》のせいで！　私《わたし》がどれだけ苦《くる》しんだかわかる!?
あなたの言葉《ことば》のせいで……！　どれだけ私《わたし》がっ……』
サラさんは前髪《まえがみ》を元《もと》に戻《もど》して、もう一度《いちど》ナイフを握《にぎ》りしめる。

『許《ゆる》せない。あなただけは……田宮《たみや》だけは、許《ゆる》せないの……！』

サラさんの頬《ほお》を涙《なみだ》が伝《つた》った。

田宮《たみや》……？　それが、あの男《おとこ》の子《こ》の名前《なまえ》……？

『死《し》ね、田宮《たみや》……！』

両手《りょうて》でナイフを握《にぎ》って、サラさんは男《おとこ》の子《こ》――田宮《たみや》くんの腹《はら》に突進《とっしん》した。

『ぐうっ……！』

田宮《たみや》くんが、くぐもった声《こえ》をあげる。

『死《し》ね！　死《し》ねえええっ……！』

サラさんはナイフを抜《ぬ》くと、もう一度《いちど》突《つ》き刺《さ》した！

田宮《たみや》くんが、砂《すな》のように消《き》えていく。

〈オニ、一体退治確認《いったいたいじかくにん》。残《のこ》り一体《いったい》です〉

ああ、オニが……死《し》んだ。私《わたし》がそう思《おも》った、そのときだった。

『葉月《はづき》さん！　無事《ぶじ》か!?』

廊下《ろうか》の角《かど》から、声《こえ》が聞《き》こえた。飛鳥《あすか》くんだ。

サラさんは息《いき》を荒《あら》らげながら、飛鳥《あすか》くんを見《み》て――目《め》を見開《みひら》いた。

『た、みや……？』

サラさんの言葉《ことば》を聞《き》いて、飛鳥《あすか》くんは驚《おどろ》いたように立《た》ち止《ど》まる。真《ま》っ青《さお》な顔《かお》で、口《くち》を開《ひら》いて……何《なに》も言《い》わずに、視線《しせん》をそらした。

『――……そう、そういうこと……。今《いま》まで、どうして気《き》づかなかったんだろう。あなたは飛鳥煌《あすかこう》じゃない。……田宮《たみや》、煌《こう》』

……えっ？

田宮《たみや》って、さっきの、サラさんをいじめてた、男《おとこ》の子《こ》の名前《なまえ》……だよね。

でも、煌《こう》は、飛鳥《あすか》くんの下《した》の名前《なまえ》……。

ど、どういうことなの？

『ずいぶん痩《や》せたのね。田宮煌《たみやこう》。顔《かお》つきも体《からだ》つきも別人《べつじん》だけど、目《め》に面影《おもかげ》があるわ……。また私《わたし》をイジメに来《き》たの？　そうなんでしょ⁉』

『ち、ちがう！　これには、理由《りゆう》があって』

『中学《ちゅうがく》まで追《お》いかけてきて！　そんなに私《わたし》のことをイジメたいの⁉　気《き》のあるようなそぶりをして！　私《わたし》を助《たす》けるようなことまでして！　あとで、からかって遊《あそ》ぶためだったんでしょ⁉』

『ちがう……！　お願《ねが》いだ、話《はなし》を聞《き》いてくれ！』

『いやああっ……！』

サラさんはナイフを握《にぎ》りしめて、そして……！

『ぐうっ……』

飛鳥《あすか》くんのおなかに、ナイフが吸《す》い込《こ》まれた。

『ごめん……葉月《はづき》さん……本当《ほんとう》に……ごめん……』

飛鳥《あすか》くんは血《ち》を流《なが》しながら、ナイフを突《つ》き刺《さ》しているサラさんの手《て》に、自分《じぶん》の手《て》を重《かさ》ねた。

『俺《おれ》……葉月《はづき》さんにずっとあやまりたくて……』

ごふっと、飛鳥《あすか》くんの口《くち》から血《ち》が流《なが》れる。

『引《ひ》っ越《こ》してきて、葉月《はづき》さんを見《み》つけたとき、あやまろうと思《おも》った……。で、でも……言《い》えなくて……っ』

『だまってよ……！』

サラさんは一度《いちど》ナイフを引《ひ》き抜《ぬ》いて、もう一度《いちど》ふりかざして。深《ふか》く……深《ふか》く突《つ》き刺《さ》す。

飛鳥《あすか》くんは、抵抗《ていこう》しなかった。

サラさんは涙《なみだ》を流《なが》していた。長《なが》い前髪《まえがみ》が乱《みだ》れて、一文字《いちもんじ》の傷《きず》が見《み》える。

『いっ……いまさら、なによ！』

飛鳥《あすか》くんのおなかにナイフを突《つ》き刺《さ》したサラさんは、震《ふる》えながら手《て》を離《はな》した。

支《ささ》えを失《うしな》った飛鳥《あすか》くんが床《ゆか》に倒《たお》れる。

血《ち》がどくどくと出《で》て……サラさんの上靴《うわぐつ》をぬらす。

『あやまったって、あなたがしたことは消《き》えない……！　私《わたし》の、し……死《し》にたくなるような気持《きも》ちも！　消《き》えないの！　ぜんぶ、あなたのせいよ！』

サラさんはひざから崩《くず》れ落《お》ちるように、その場《ば》にうずくまった。

『それなのに、いまさら、あやまるなんて……許《ゆる》せるわけ、ない！』

『……そう、だよな……それでも……ごめ……』

飛鳥《あすか》くんはそう言《い》ったきり、動《うご》かなく……なってしまった。

『ふ……ふふ』

サラさんは血《ち》だまりの中《なか》で、笑《わら》い声《ごえ》をあげた。

『ふふっ……ははは！　死《し》んじゃった……！　死《し》んじゃった!!　そうよ、私《わたし》、ずっとこうしたかった！　ふふっ……あははは……』

ひとしきり笑《わら》うと、サラさんはじっと飛鳥《あすか》くんを見《み》つめた。

『田宮《たみや》だなんて知《し》らなかった。知《し》らなかったから、私《わたし》、あなたを……』

サラさんは一度目《いちどめ》を閉《と》じて。飛鳥《あすか》くんに刺《さ》さっていたナイフを引《ひ》き抜《ぬ》いた。

そして……！

「サラさん⁉」

「な、なにをっ……！？」

サラさんは、自分《じぶん》のおなかに、ナイフを……突《つ》き刺《さ》した。

バタン、と倒《たお》れるサラさんは、泣《な》き笑《わら》いの表情《ひょうじょう》を浮《う》かべている。

『初《はじ》めて好《す》きになった人《ひと》を……殺《ころ》すって……こんなの……物語《ものがたり》の、中《なか》みたいね……』

そして……そのまま、動《うご》かなくなってしまった。

〈飛鳥煌《あすかこう》、葉月《はづき》サラ、死亡確認《しぼうかくにん》〉

飛鳥《あすか》くん、サラさん……。

こんなことって……！

「飛鳥《あすか》くんのオニは、過去《かこ》の自分《じぶん》だったんだ……」

「僕《ぼく》、聞《き》いたことあるよ」

柴崎《しばさき》くんがぽつっとつぶやいた。

「飛鳥《あすか》くん、親《おや》が離婚《りこん》して苗字《みょうじ》が変《か》わったんだって。小学校《しょうがっこう》でいろいろあって、引《ひ》っ越《こ》してきた、って、言《い》ってた……」

いろいろっていうのは、きっと。サラさんとのことだ。

あのサラさんのひたいの傷《きず》。あれが本当《ほんとう》に飛鳥《あすか》くんのせいでできてしまったものなのだとしたら……大問題《だいもんだい》になったはず。

引《ひ》っ越《こ》してきた先《さき》にサラさんがいるなんて、最悪《さいあく》の、偶然《ぐうぜん》だ。

「……彼《かれ》の言葉《ことば》にウソはなかった」

陽菜《ひな》さんがそっとつぶやく。

「俺《おれ》は変《か》わった、って言《い》っていた。あの言葉《ことば》は真実《しんじつ》だ。きっと彼《かれ》は、本当《ほんとう》に後悔《こうかい》していたんだ……」

「っ……だからって！」

花音《かのん》ちゃんが目尻《めじり》に涙《なみだ》をにじませながら言《い》う。

「飛鳥《あすか》のやったこと、葉月《はづき》が許《ゆる》せるはずがない……！　あんな、ひどいこと……！」

柴崎《しばさき》くんも、その言葉《ことば》にうなずいて、うつむいてしまう。

陽菜《ひな》さんの言《い》うとおり。きっと、飛鳥《あすか》くんは本当《ほんとう》に後悔《こうかい》してたんだと……思《おも》う。

けど、それをサラさんが許《ゆる》せるはずがないんだ。

でも……でもさ。

「こんなゲームがなければ……」

「……朱里《あかり》？」

「こんなゲームで、むりやり過去《かこ》を突《つ》きつけられなければ……飛鳥《あすか》くんも、サラさんも、死《し》ななかったんじゃないの……？」

言《い》いながらぼろっと涙《なみだ》がこぼれた。

「こんな……こんな結末《けつまつ》、あんまりだよ……！」

ゲームさえければ、こんな殺《ころ》し合《あ》いみたいなことにならなかったんだ。

くやしい。

もう、誰《だれ》も死《し》んでほしくない……！

〈残《のこ》り時間《じかん》、あと十五分《じゅうごふん》を切《き》りました〉

残《のこ》りはあと一体《いったい》。そして、まだオニを倒《たお》していないのは……かなえちゃんだ。

タブレットを切《き》り替《か》えて、かなえちゃんを映《うつ》している画面《がめん》をタップする。

すると……！

「……ねえ」

花音《かのん》ちゃんが眉《まゆ》をよせて、私《わたし》の肩《かた》を抱《だ》いた。

「あれさ、あれって、私《わたし》の見間違《みまちが》いじゃなければ……」

私《わたし》は……言葉《ことば》が出《で》ない。

かなえちゃんと向《む》き合《あ》っているオニ……それは、【私《わたし》】の姿《すがた》を……していた……。


『やっぱりね。そうかなって……思《おも》ったんだ』

かなえちゃんの声《こえ》が小《ちい》さく廊下《ろうか》に響《ひび》いている。かなえちゃんの前《まえ》に立《た》ちふさがる【私《わたし》】は、ニコニコ笑《わら》いながら話《はな》していた。

『かなえちゃん！　相談《そうだん》があるの。今度《こんど》陸斗《りくと》と遊園地《ゆうえんち》に行《い》くことになって。どんな服《ふく》で行《い》けばいいと思《おも》う？』

……【私《わたし》】はまっすぐかなえちゃんに向《む》かって笑顔《えがお》を浮《う》かべている。

『かなえちゃん、陸斗《りくと》がね、お土産《みやげ》にお菓子《かし》買《か》ってきてくれたんだ。今日《きょう》うちにおいでよ！

一緒《いっしょ》に食《た》べよ！』

『かなえちゃん、陸斗《りくと》がね……』

『陸斗《りくと》が……』

――ダァンッ！

『うるっせえんだよ！』

かなえちゃんが、教室《きょうしつ》の扉《とびら》を殴《なぐ》りつけた。

『毎日《まいにち》、毎日《まいにち》……っ！　陸斗《りくと》くんの話《はなし》ばっかりしやがって！　ふざけんなよ！』

あっ……。

『幼《おさな》なじみだかなんだか知《し》らないけど！　私《わたし》が、それ聞《き》いて、どんな気持《きも》ちになるかなんて、想像《そうぞう》したことないんだよね!?』

まるで氷《こおり》のかけらを丸呑《まるの》みしたみたいに、すーっと冷《つめ》たいなにかが私《わたし》の中《なか》をおりていく。

『私《わたし》が陸斗《りくと》くんのことが好《す》きだって！　告《こく》って、フラれたことがあるって、知《し》っててやってたんでしょ!?』

かなえ……ちゃん……。

「わ、私《わたし》、知《し》ら、なかった……！」

この声《こえ》が届《とど》くわけがない。でも、言《い》わずにはいられない。

知《し》らなかった。ほんとだよ。どうして、教《おし》えてくれなかったの……!?

知《し》ってたら、私《わたし》だってそんな無神経《むしんけい》なこと言《い》わなかった！

かなえちゃんは口《くち》を三日月《みかづき》の形《かたち》にゆがめて、笑《わら》った。

『朱里《あかり》。私《わたし》、あんたを友《とも》だちだなんて思《おも》ったこと、一度《いちど》もないよ。チームがわかれて、ラッキーだって思《おも》ったよ！　だって！　私《わたし》たちが勝《か》てば！　朱里《あかり》は死《し》んじゃうんだもんね！』

――っ……！

ズキンと胸《むね》が痛《いた》む。

うまく息《いき》が吸《す》えなくて、視界《しかい》がゆがんで。

ボロッと涙《なみだ》がこぼれるのがわかった。

『でもよかった。オニが朱里《あかり》で！　私《わたし》、あんたなら何回《なんかい》でも殺《ころ》せる！　ずっと……こうしたかったんだもの！』

かなえちゃんはナイフを握《にぎ》りしめて……。

【私《わたし》】めがけて、ふり下《お》ろす！

『死《し》ね！』

――ザシュッ！

『死《し》ね!!』

――ザシュッ……！

『死《し》ねええええっ!!』

【私《わたし》】が動《うご》かなくなっても。砂《すな》のように、形《かたち》が崩《くず》れていっても。かなえちゃんはナイフを突《つ》き刺《さ》すのをやめなかった。

〈オニ、一体退治確認《いったいたいじかくにん》。すべてのオニが退治《たいじ》されました〉

『ふふ……ははは っ……』

床《ゆか》に崩《くず》れ落《お》ちたかなえちゃんは、顔《かお》を天井《てんじょう》に向《む》けて笑《わら》っている。

『しょうがないよねえ！　だって、こうしなきゃ私《わたし》まで死《し》んじゃうんだからあ！　あははっ……はははっ……』

プツッとタブレットの画面《がめん》が切《き》れた。

……花音《かのん》ちゃんが、切《き》ってくれたんだ。

陽菜《ひな》さんが、私《わたし》の肩《かた》を抱《だ》く。

花音《かのん》ちゃんも唇《くちびる》をかみしめながら、私《わたし》の手《て》を握《にぎ》ってくれた。

かなえちゃん……。ごめん……ごめんね。

私《わたし》が陸斗《りくと》の話《はなし》をするたびに、かなえちゃんはきっと、すごく傷《きず》ついて。つらかったにちがいないんだ。

「朱里《あかり》……」

花音《かのん》ちゃんが心配《しんぱい》そうに私《わたし》の顔《かお》をのぞき見《み》る。

私《わたし》は大丈夫《だいじょうぶ》だよって言《い》いたくて、首《くび》をふった。

心《こころ》の中《なか》に、冷《つめ》たい氷《こおり》が突《つ》き刺《さ》さったみたいに痛《いた》いよ。でも、それ以上《いじょう》に……！

「……ぜったい、《月《つき》》チームに勝《か》ちたい。どんなことをしても、必《かなら》ず……！」

「あ、朱里《あかり》!?」

花音《かのん》ちゃんが不安《ふあん》そうに瞳《ひとみ》をゆらす。陽菜《ひな》さんも、柴崎《しばさき》くんも、困惑《こんわく》した顔《かお》で私《わたし》を見《み》つめていた。

私《わたし》が傷《きず》ついて、おかしくなっちゃったと思《おも》ってるのかもしれない。

大丈夫《だいじょうぶ》だよ、という意味《いみ》をこめて、私《わたし》は目《め》に笑《わら》いを浮《う》かべてみせた。

「……こんなの、ぜったいダメなんだ」

話《はな》しながら、ふつふつと怒《おこ》りがわいてくる。

「誰《だれ》にだって、つらい気持《きも》ちや隠《かく》しておきたいことがあるのに。こんなやり方《かた》でだれかが傷《きず》ついたり、し……死《し》んじゃったり！　おかしいし、イヤだよ！」

人《ひと》の命《いのち》をおもちゃにして、争《あらそ》わせて、競《きそ》わせて……！

そんなことをさせておきながら、生《い》き残《のこ》ったら『優秀《ゆうしゅう》なリーダー』だなんて、どうかしているとしか思《おも》えない！

「勝《か》てば、なんでも願《ねが》いを叶《かな》えてくれるってゲームマスターは言《い》っていたよね。もしかしたら……《太陽《たいよう》》チームを殺《ころ》さないようにって、ゲームマスターにお願《ねが》いできるかもしれない！」

ふつふつと燃《も》え上《あ》がる炎《ほのお》が、心《こころ》に突《つ》き刺《さ》さった氷《こおり》を溶《と》かしていく。

私《わたし》たち二《ふた》つのチームが助《たす》かるかもしれない、唯一《ゆいいつ》の方法《ほうほう》。

それは、勝《か》ったチームが、もう片方《かたほう》のチームを殺《ころ》さないように、とゲームマスターにお願《ねが》いしてみること。

「生《い》きていれば、やりなおすチャンスはある。きっと……」

生《い》きてさえいれば。無事《ぶじ》に戻《もど》れれば、私《わたし》も……かなえちゃんと、ちゃんと話《はな》し合《あ》うことができる。

たとえすぐに元《もと》の関係《かんけい》に戻《もど》れなかったとしても、生《い》きていれば……きっと。

「朱里《あかり》……」

花音《かのん》ちゃんが目尻《めじり》に涙《なみだ》を浮《う》かべて、それをぐっと手《て》の甲《こう》で拭《ぬぐ》った。

「そうね。それしか、ない」

「……僕《ぼく》は、東雲《しののめ》さんが助《たす》かるなら、それで」

「だから、そういうのやめろって！」

花音《かのん》ちゃんが柴崎《しばさき》くんに突《つ》っ込《こ》みを入《い》れる。でも、そこには前《まえ》みたいなトゲがない。

「若菜朱里《わかなあかり》」

陽菜《ひな》さんが、私《わたし》をフルネームで呼《よ》んだ。

「……実《じつ》を言《い》うと、私《わたし》はもうあきらめかけていたんだ。ありがとう」

ふわっと微笑《ほほえ》む陽菜《ひな》さん。

心《こころ》が少《すこ》しずつ、温《あたた》かくなる。

負《ま》けないよ。私《わたし》、こんな理不尽《りふじん》なゲームになんて、ぜったい負《ま》けない。
勝《か》とう。そして、みんなを助《たす》けるんだ！

〈チーム《月《つき》》試練《しれん》クリアを認《みと》めます。指定《してい》されたマスから、５マス進《すす》んでください〉

【生存者一覧《せいぞんしゃいちらん》】

チーム《太陽《たいよう》》　残《のこ》り四名《よんめい》
31／60　残《ざん》マス数《すう》29

東雲花音《しののめかのん》　柴崎瞬《しばさきしゅん》　瀬戸《せと》ヒカル
鳴海海《なるみうみ》　星川蒼太《ほしかわそうた》　若菜朱里《わかなあかり》　鷲尾陽菜《わしおひな》

チーム《月《つき》》　残《のこ》り三名《さんめい》
37／60　残《ざん》マス数《すう》23

飛鳥煌《あすかこう》　鳳莉央《おおとりりお》　神谷《かみたに》かなえ　久遠陸斗《くおんりくと》
鷹見昴《たかみすばる》　錦戸樹《にしきどいつき》　葉月《はづき》サキ

人狼《じんろう》・革命《かくめい》〜チーム《太陽《たいよう》》〜

〈チーム《太陽《たいよう》》試練《しれん》クリアを認《みと》めます。指定《してい》されたマスで待機《たいき》してください〉

——……。

〈チーム《月《つき》》試練《しれん》クリアを認《みと》めます。指定《してい》されたマスから、６マス進《すす》んでください〉

——……。

〈チーム《太陽《たいよう》》試練《しれん》クリアを認《みと》めます。指定《してい》されたマスから、２マス進《すす》んでください〉

——……。

〈チーム《月《つき》》試練《しれん》クリアを認《みと》めます。指定《してい》されたマスで待機《たいき》してください〉

——……。

——……。——……。

ゲームは進《すす》んでいく。
私《わたし》たちは協力《きょうりょく》して、励《はげ》まし合《あ》いながらなんとか試練《しれん》をクリアしていった。

そして、ついに。

「あと……12マス……！」

校舎《こうしゃ》の三階《さんかい》のはじ。屋上《おくじょう》へと続《つづ》く階段《かいだん》の真下《ました》で私《わたし》たちは屋上《おくじょう》——『あがり』に続《つづ》くドアを見上《みあ》げた。

ついに。……ついに、ここまできた。

もうすぐ屋上《おくじょう》にたどりつく。いろんなことがあったけど……やっと、このゲームをおわらせることができる。

でも……。

「次《つぎ》で決《き》めるわよ」

鳳《おおとり》さんが唇《くちびる》にクールな笑《え》みを浮《う》かべていた。

そう。私《わたし》たちの少《すこ》し上《うえ》。屋上《おくじょう》への階段《かいだん》、中央《ちゅうおう》にチーム《月《つき》》が来《き》ている。

そのマス数《すう》は……54マス目《め》。つまり、あと6で『あがり』だ。

次《つぎ》のサイコロで《月《つき》》チームが6を出《だ》したら……《月《つき》》のチームの勝《か》ち。

「あはは！　ヤバい！　もうすぐゴールとかマジさいっこう！　鳳《おおとり》さん、ぜったい6、出《だ》してよね！」

かなえちゃんがけたたましく笑《わら》った。まるで人《ひと》が変《か》わったかのような笑《わら》い方《かた》……。

「ぜったい、ぜーったい！　朱里《あかり》たちに勝《か》つんだから！　それで、願《ねが》いをかなえてもらうの。ね、陸斗《りくと》くん」

まるで見《み》せつけるように、かなえちゃんは陸斗《りくと》の腕《うで》に自分《じぶん》の腕《うで》をからませた。

「やめろよ！」

腕《うで》をふりはらう陸斗《りくと》に、かなえちゃんはさらに寄《よ》りかかる。

「なんで？　いいじゃない！　チームメイトでしょ？」

……胸《むね》が、チクチクと痛《いた》む。

「サイテー」

花音《かのん》ちゃんが眉間《みけん》にしわを寄《よ》せて言《い》い放《はな》つ。

「友《とも》だちのこと、わざと傷《きず》つけるようなことして、楽《たの》しいのかよ！」

「友《とも》だち？　あはは、何言《なにい》ってんの？」

かなえちゃんはことさら面白《おもしろ》そうに笑《わら》う。

「私《わたし》、朱里《あかり》のこと友《とも》だちだなんて思《おも》ったこと、一度《いちど》もないけど！」

ぐっと肩《かた》を抱《だ》かれた。陽菜《ひな》さんだ。

柴崎《しばさき》くんも無言《むごん》で私《わたし》の前《まえ》に立《た》つ。まるで、かばってくれているみたいに。

「は？」

かなえちゃんの眉《まゆ》がぐっとよった。

「なにそれ。うわ、さっむい。まさか仲良《なかよ》くなっちゃったとか、そういう感《かん》じ？」

口《くち》がにっとつりあがって、バカにしたような笑《え》みを浮《う》かべている。

「朱里《あかり》って意外《いがい》とカースト上位《じょうい》に立《た》ちたいタイプだったんだ。みんながかばってくれて、気持《きも》ちいいよね」

「おい、いい加減《かげん》にしろよ！」

陸斗《りくと》が声《こえ》を荒《あら》らげる。でも、かなえちゃんは止《と》まらない。

「ほら、陸斗《りくと》くんだって朱里《あかり》の味方《みかた》じゃん。朱里《あかり》ってそういうとこあるって思《おも》ってた。自《じ》分《ぶん》が上《うえ》にいないと気《き》が済《す》まないんだもんね！　そうやって、私《わたし》のこともずーっと見下《みくだ》してたんだもんね」

「かなえちゃん……！」

言《い》いたいこと、たくさんある。胸《むね》がじくじく痛《いた》むし、悲《かな》しいし、すごく、ムカついてる。

でもね。これだけは……わかって。

「私《わたし》はかなえちゃんのこと、友《とも》だちだと思《おも》ってる。今《いま》でも……！」

ビクッとかなえちゃんの肩《かた》がゆれる。

「……っは？」

「かなえちゃんは私《わたし》の友《とも》だちだよ」

こんなゲームをやらされたら、みんなおかしくなっちゃうに決《き》まってる。

人《ひと》が死《し》ぬゲームだから。……だから、かなえちゃんは悪《わる》くない。

悪《わる》いのは、全部《ぜんぶ》、このデスゲーム。

こんなことさえなければ、私《わたし》は……ううん、今《いま》まで死《し》んでしまったクラスメイトたちも。

もっとちがったやり方《かた》で、ケンカや仲直《なかなお》りができたはずなんだ。

〈チーム《月《つき》》、サイコロをふってください〉

鳳《おおとり》さんがタブレットをタップする。

画面上《がめんじょう》でくるくると回《まわ》るサイコロが止《と》まったのは……！

〈1の目《め》が出《で》ました。チーム《太陽《たいよう》》は1マス進《すす》んでください〉

チッとかなえちゃんが舌打《したう》ちをする。

ピコッと音《おと》が鳴《な》って、タブレットに試練《しれん》が――。

「えっ」

▼▼▼一回休《いっかいやす》み

ほーっとチーム《太陽《たいよう》》から安心《あんしん》の息《いき》がもれる。

よ……よかった……！

これで、少《すく》なくとも私《わたし》たちには一回以上《いっかいいじょう》のチャンスがもらえた！

喜《よろこ》ぶ私《わたし》たちが気《き》に食《く》わなかったみたい。目《め》をつり上《あ》げて、かなえちゃんが怒鳴《どな》った。

「このタイミングで一回休《いっかいやす》みとか、ありえないんだけど！」

「落《お》ち着《つ》きなさい、神谷《かみたに》さん」

鳳《おおとり》さんがすまし顔《がお》で言《い》った。

「チーム《太陽《たいよう》》の残《のこ》りマスはあと12よ。ここで二回《にかい》サイコロをふっても、6を二回出《にかいだ》さないとゴールできない。可能性《かのうせい》は低《ひく》いわよ」

「そんなの、わかんないじゃない！」

かなえちゃんはつばを吐《は》き捨《す》てながら鳳《おおとり》さんに詰《つ》め寄《よ》った。

「鳳《おおとり》さんはいいよね。だって負《ま》けても死《し》なないんだもの！　なんたって！　お父《とう》さまがゲームマスターなんだもんね！」

……ハッと私《わたし》たちチームは顔《かお》を見合《みあ》わせた。

オニ退治《たいじ》のとき、オニのゲームマスターが、鳳《おおとり》さんになにかを言《い》いかけていた。

私《わたし》たちは鳳《おおとり》さんの声《こえ》で聞《き》こえなかったけど、もしかしてあのときオニが言《い》いかけてたのって。

鳳《おおとり》さんはくちびるを震《ふる》わせて、すっとうつむいた。かなえちゃんはますます声高《こわだか》に言《こと》葉《ば》を重《かさ》ねる。

「あんなに大《おお》きな声《こえ》でしゃべってるんだもん。私《わたし》、聞《き》こえちゃったんだよね。**鳳《おおとり》さん、あなた、あのゲームマスターたちの仲間《なかま》なんでしょ？**」

「お、鳳《おおとり》……」

陸斗《りくと》が、ゴクッとつばを飲《の》み込《こ》んだ。

「マ……マジなのか……？」

「……それは、今《いま》、関係《かんけい》ないわ」

「関係《かんけい》ないわけないだろ！　じゃあお前《まえ》は、今《いま》までずっと俺《おれ》たちをだましていたのか⁉」

「ほんとクズ。人殺《ひとごろ》し！」

鳳《おおとり》さんの顔《かお》が、泣《な》きそうにゆがんだ。

「ちょっと二人《ふたり》とも！」

とっさに声《こえ》をあげる。いまここで誰《だれ》かひとりを責《せ》めても、状況《じょうきょう》が悪化《あっか》するだけだ。

「朱里《あかり》⁉　何言《なにい》ってるんだ⁉　こいつは俺《おれ》たちにそんな大事《だいじ》なこと、秘密《ひみつ》にしてたんだぞ！」

「そ……そうだけど！　なにか、理由《りゆう》があるのかもしれないし！」

鳳《おおとり》さんはうつむいたまま、動《うご》かない。

「そうだよね、鳳《おおとり》さん。なにか事情《じじょう》があるんでしょ……？」

なにか言《い》ってほしいけど、鳳《おおとり》さんはうつむいたままだ。

〈チーム《太陽《たいよう》》、サイコロをふってください〉

私《わたし》は気《き》を取《と》り直《なお》して、タブレットを持《も》ち直《なお》した。

ぜったい、勝《か》つ。

だれかを疑《うたが》ったり、傷《きず》つけたり、こんなの……もう、私《わたし》はイヤだよ。
だから。私《わたし》たちは絶対《ぜったい》に勝《か》って……そして、全員《ぜんいん》で助《たす》かるんだ！
タブレットのサイコロをタップする。
くるくるとサイコロが回《まわ》って、６の目《め》が……出《で》た！
「やった！」
「すごいよ、若菜《わかな》さん！」
花音《かのん》ちゃんと陽菜《ひな》さんが手《て》を取《と》り合《あ》って喜《よろこ》ぶ。
私《わたし》たちの残《のこ》りのマス数《すう》は12。
今《いま》6が出《で》たから、試練《しれん》にクリアさえすれば……あと6マス！
チーム《月《つき》》は一回休《いっかいやす》みだから、うまくいけば……ゴールできるかもしれない！
ピコッと音《おと》が鳴《な》る。
タブレットに、今回《こんかい》の試練《しれん》が表示《ひょうじ》された。

▼▼▼オオカミだあれ

・こちらが決《き》めた『オオカミ』が誰《だれ》か予想《よそう》して下《くだ》さい
・『オオカミ』が誰《だれ》かを当《あ》てれば、『オオカミ』が死亡《しぼう》
・『オオカミ』を当《あ》てられなかったら『オオカミ』以外死亡《いがいしぼう》
・投票《とうひょう》で『オオカミ』の予想《よそう》が決定《けってい》します。同数票《どうすうひょう》だった場合《ばあい》、『ふりだし』に戻《もど》ります
・投票《とうひょう》を誰《だれ》かがのぞき見《み》た場合《ばあい》、全員死亡《ぜんいんしぼう》
・十五分以内《じゅうごふんいない》に回答《かいとう》できなかった場合《ばあい》、全員死亡《ぜんいんしぼう》
・無事《ぶじ》に『オオカミ』を見《み》つけられたら、お祝《いわ》いとして6マス進《すす》めます

「えっ……」

沈黙《ちんもく》が、チーム内《ない》に広《ひろ》がった。

待《ま》って、待《ま》って……どういうこと?

「僕《ぼく》たちのうち、誰《だれ》か一人《ひとり》がオオカミで、そいつを探《さが》すってこと?」

柴崎《しばさき》くんが言《い》った。

「つまり、人狼《じんろう》ね……」

花音《かのん》ちゃんは爪《つめ》を噛《か》みながら言《い》い放《はな》つ。

「SNS《エスエヌエス》のイベントでやったことあるわ」

「私《わたし》も。お芝居《しばい》の稽古《けいこ》でよく人狼《じんろう》はやるよ」

「しかも、『オオカミ』を見《み》つけられれば6マス進《すす》めるって……！」

あっと私《わたし》たちは声《こえ》をあげた。

さっき進《すす》んだ6マスと、クリア後《ご》に進《すす》む6マスを合計《ごうけい》すると12マス。つまり……。

「あ、『あがり』だ！』

この試練《しれん》をクリアさえできれば、『あがり』にたどり着《つ》ける。勝《か》てる！

でも……！

「クリアするには、誰《だれ》か一人《ひとり》か、もしくは一人《ひとり》を残《のこ》して全員《ぜんいん》が死《し》ななきゃいけないってこと……だよね」

誰《だれ》かを犠牲《ぎせい》にして、6マス進《すす》んで勝《か》つか。

オオカミ一人《ひとり》を残《のこ》して、みんな死《し》ぬか。

どうして、こんな……。

真《ま》っ青《さお》な顔《かお》になった私《わたし》たちを無視《むし》して、アナウンスが淡々《たんたん》と告《つ》げた。

〈『オオカミ』のチョーカーには、こちらからランダムで電気信号《でんきしんごう》を送《おく》ります。それでは、ゲームスタート！〉

ピピピッと音《おと》がして、タブレットの画面右上《がめんみぎうえ》に【15：00】の時間《じかん》が赤《あか》く表示《ひょうじ》された。

私《わたし》のチョーカーからはとくになにも感《かん》じられない。つまり……私《わたし》は、オオカミじゃないってことだよね？

じゃあ、誰《だれ》が？

思《おも》わず全員《ぜんいん》の顔《かお》を見《み》た。みんな、不安《ふあん》そうな顔《かお》をしている。

タブレットを改《あらた》めて見《み》ると、私《わたし》たち四人《よにん》の名前《なまえ》が表示《ひょうじ》されて、それぞれの名前《なまえ》の下《した》に『投票《とうひょう》する』というボタンが設置《せっち》されていた。

制限時間《せいげんじかん》は十五分《じゅうごふん》。もう十四分《じゅうよんぷん》になった。どんどん時間《じかん》が減《へ》っていく……。

そのとき。

柴崎《しばさき》くんが一度目《いちどめ》を閉《と》じる。そして、パッと手《て》をあげた。

「僕《ぼく》がオオカミだ。みんな、僕《ぼく》にいれてほしい」

「柴崎《しばさき》くん!?」

「僕《ぼく》はこのゲームで、星川《ほしかわ》を殺《ころ》した」

「ちょっと！　でもそれは、私《わたし》をかばって……！」

花音《かのん》ちゃんが声《こえ》を荒《あら》らげた。

柴崎《しばさき》くんは首《くび》をふる。

「僕《ぼく》は自分《じぶん》の意志《いし》で、死《し》んでほしくて星川《ほしかわ》を殺《ころ》した。明確《めいかく》な殺意《さつい》をもって殺《ころ》したんだよ。だから」

柴崎《しばさき》くんは、自分《じぶん》のチョークをさわった。

「この信号《しんごう》が僕《ぼく》に来《き》たのは、罪《つみ》をつぐなえということなんだ」

柴崎《しばさき》くんはそう言《い》って……微笑《ほほえ》んだ。

初《はじ》めて見《み》る、柴崎《しばさき》くんの笑《わら》い顔《がお》。すっきりしたような顔《かお》で、もう覚悟《かくご》を決《き》めているんだってわかるようなきれいな顔《かお》だった。

「それに。ここで僕《ぼく》が死《し》ねば、『あがり』だ。みんなが勝《か》てるんだよ。そうすれば、東雲《しののめ》さんを助《たす》けることができる。だから、お願《ねが》いだ！」

「いっ……いい加減《かげん》にして！」

花音《かのん》ちゃんの目《め》から涙《なみだ》が落《お》ちる。

「そんなことされても、嬉《うれ》しくねーんだよ！　なんでそんなことするんだよ！」

「そんなの、僕《ぼく》が東雲《しののめ》さんを好《す》きだからに決《き》まってる」

花音《かのん》ちゃんは目《め》をまんまるにして……。

「ふざけんな!!」

怒鳴《どな》り声《ごえ》が廊下《ろうか》に響《ひび》く。ぐしっと花音《かのん》ちゃんが手《て》の甲《こう》で涙《なみだ》をふいた。

「私《わたし》のことが好《す》きなら！　私《わたし》を泣《な》かすようなこと、すんじゃねーよ！」

花音《かのん》ちゃんの言葉《ことば》に、柴崎《しばさき》くんはもう一度《いちど》微笑《ほほえ》んだ。

その瞳《ひとみ》から同《おな》じように涙《なみだ》が落《お》ちる。

「さ、それじゃあお願《ねが》い。早《はや》いほうがいい」

柴崎《しばさき》くんはそう言《い》うと、目《め》を閉《と》じてしまう。

私《わたし》は陽菜《ひな》さんをそっとうかがった。陽菜《ひな》さんは私《わたし》を見《み》て、青《あお》ざめた顔《かお》でこくっとうなずいた。

お芝居《しばい》が上手《じょうず》な陽菜《ひな》さんは、ウソを見抜《みぬ》ける。柴崎《しばさき》くんの言葉《ことば》にウソはない。本当《ほんとう》に、オオカミは柴崎《しばさき》くんなんだ。

タブレットは私《わたし》が持《も》っている。だから、必然的《ひつぜんてき》に私《わたし》が最初《さいしょ》の投票者《とうひょうしゃ》だ。

みんなが私《わたし》に背《せ》を向《む》けた。のぞき見《み》たら全員《ぜんいん》が死《し》んでしまう。最後《さいご》までぐずっていた花音《かのん》ちゃんも、柴崎《しばさき》くんに肩《かた》を抱《だ》かれて、一緒《いっしょ》に後《うし》ろを向《む》いた。

指《ゆび》が、震《ふる》える。

本当《ほんとう》に、いいの……？

タブレットに表示《ひょうじ》されている、残《のこ》り時間《じかん》をカウントする数字《すうじ》がどんどん減《へ》っていく。

指《ゆび》が、画面《がめん》の上《うえ》で迷《まよ》う。

押《お》していいの？

本当《ほんとう》に？　これが正解《せいかい》？

柴崎《しばさき》くんを見捨《みす》てて、勝《か》つのが——？

そのとき。まるで運命《うんめい》のように、私《わたし》の中《なか》に答《こた》えがおりてきたような気《き》がした。

追《お》いつめられて大切《たいせつ》なことを忘《わす》れていた。

こんな簡単《かんたん》なことを、忘《わす》れていたんだ！

手《て》が震《ふる》えた。でも、ぎゅっと拳《こぶし》をにぎりしめて、タブレットから手《て》を離《はな》した。

「みんな、こっちを向《む》いて」

「朱里《あかり》……？」

「若菜《わかな》さん。投票《とうひょう》は……」

「してない」

ごくっとつばを飲《の》む。今《いま》から言《い》う提案《ていあん》が、通《とお》るかわからない。でも……！

「みんな、自分自身《じぶんじしん》に投票《とうひょう》しない？」

「……はあ⁉」


「自分《じぶん》に投票《とうひょう》すれば、票《ひょう》が割《わ》れるでしょ。ルールにはなんて書《か》いてあったか覚《おぼ》えてる？」

「あっ……」

陽菜《ひな》さんが小《ちい》さく声《こえ》をあげた。

「全員《ぜんいん》が同数《どうすう》だった場合《ばあい》、『ふりだし』に戻《もど》る……。まさか！」

私《わたし》はうなずく。

「『ふりだし』に戻《もど》ろうよ、みんなで！」

「バカなこと言《い》うなよ！」

柴崎《しばさき》くんが激怒《げきど》する。

「『ふりだし』から『あがり』まで60マスだよ⁉　戻《もど》ったりなんかしたら、負《ま》けるに決《き》まってる！」

「それでも……私《わたし》は柴崎《しばさき》くんを殺《ころ》したくない！」

しんっとみんなが口《くち》を閉《と》ざした。

もしここで私《わたし》がボタンを押《お》して、柴崎《しばさき》くんが亡《な》くなって。その結果《けっか》、無事《ぶじ》にゴールして、生《い》き残《のこ》ったとしても……私《わたし》はぜったいに後悔《こうかい》する。

「後悔《こうかい》したくない。ここで柴崎《しばさき》くんを犠牲《ぎせい》にするなんて、私《わたし》にはできない……！」

一瞬《いっしゅん》の沈黙《ちんもく》ののち、花音《かのん》ちゃんがうなずいた。

「私《わたし》は自分《じぶん》に入《い》れる。私《わたし》のせいで誰《だれ》かが死《し》ぬなんて、もうこりごり」

「私《わたし》もそうしよう」

陽菜《ひな》さんもうなずく。

「若菜《わかな》さんの言《い》うとおりだ。ここで彼《かれ》を犠牲《ぎせい》にしたら、一生《いっしょう》後悔《こうかい》する。自分《じぶん》の人生《じんせい》に胸《むね》を張《は》っていたい」

みんな……！

柴崎《しばさき》くんはあっけにとられた表情《ひょうじょう》をして、くしゃっと顔《かお》をゆがめた。

「あ……りがとう……」

「べつに柴崎《しばさき》を助《たす》けたいわけじゃねーし！　自分《じぶん》がイヤなだけなんだから、勘違《かんちが》いすんなよ！」

花音《かのん》ちゃんがほのかに頬《ほお》を赤《あか》くしながら、ぷいっと横《よこ》を向《む》いた。

張《は》り詰《つ》めていた空気《くうき》がふわっとなごむ。

でも、いよいよこれから投票《とうひょう》だ。

「じゃあ、ボタンを押《お》すね」

私《わたし》の言葉《ことば》に、全員《ぜんいん》がくるっと後《うし》ろを向《む》いた。

震《ふる》える手《て》で【若菜朱里《わかなあかり》】の下《した》のボタンを……押《お》した！

――ピッ。

〈投票《とうひょう》が完了《かんりょう》しました〉

「……押《お》したよ！」

「じゃあ、次《つぎ》は私《わたし》だ」

タブレットが陽菜《ひな》さんの手《て》に渡《わた》る。交代《こうたい》でボタンを押《お》していき花音《かのん》ちゃんも無事《ぶじ》にボタンを押《お》した。そして、柴崎《しばさき》くんも……。

――ピピピッ！

〈全員《ぜんいん》の投票《とうひょう》が確認《かくにん》できました〉

〈東雲花音《しののめかのん》、投票数《とうひょうすう》・一《いち》。柴崎瞬《しばさきしゅん》、投票数《とうひょうすう》・一《いち》。若菜朱里《わかなあかり》、投票数《とうひょうすう》・一《いち》。鷲尾陽菜《わしおひな》、投票数《とうひょうすう》・一《いち》〉

ほっ……。私《わたし》は息《いき》をついた。

〈よって、チーム《太陽《たいよう》》は強制的《きょうせいてき》に『ふりだし』に戻《もど》っていただきます〉

私《わたし》は改《あらた》めてチーム《太陽《たいよう》》の顔《かお》を見《み》た。

泣《な》き笑《わら》いの表情《ひょうじょう》を浮《う》かべている柴崎《しばさき》くん。その横《よこ》で、花音《かのん》ちゃんが笑《わら》っている。陽《ひ》菜《な》さんは二人《ふたり》を見《み》て、静《しず》かに微笑《ほほえ》んで……。

よかった。

きっとこれでよかったんだ。

「それがあなたたちの選択《せんたく》なの？」

鳳《おおとり》さんの声《こえ》が聞《き》こえた。

階段《かいだん》の上《うえ》から、まるで女王様《じょおうさま》みたいに私《わたし》たちを見下《みお》ろしている。でも、なんでだろう。なんだか泣《な》きそうな表情《ひょうじょう》にも見《み》えた。

「バカね。その試練《しれん》さえクリアできれば、ゴールだったのに」

「バカでいいよ」

私《わたし》はまっすぐに鳳《おおとり》さんの目《め》を見《み》つめた。

「友《とも》だちの命《いのち》を犠牲《ぎせい》にして生《い》き残《のこ》ったって、つらいだけだから」

「負《ま》ければ死《し》ぬのよ？　怖《こわ》くないの？」

「もちろん怖《こわ》いけど……私《わたし》たちはまだ生《い》きてる」

胸《むね》の中《なか》にぽっと灯《とも》った明《あか》るい火《ひ》。

「まだ生《い》きてる。だから、何度《なんど》だって挑戦《ちょうせん》できる！　私《わたし》たちはあきらめない！」

鳳《おおとり》さんは目《め》を丸《まる》くして、何《なに》か言《い》いたそうに口《くち》を開《ひら》いて……そのまま、口《くち》をとざした。

ふいに、足元《あしもと》がぐらぐらっとゆれて、めまいがした。とっさに目《め》をつぶって、再《ふたた》び開《あ》けたとき。

私《わたし》たちは見覚《みおぼ》えのある校庭《こうてい》の、『ふりだし』に戻《もど》っていた。

「ワープ……したの⁉」

「強制的《きょうせいてき》に戻《もど》るって、そういうこと……⁉」

いったいどうやって……？

校庭《こうてい》は広《ひろ》かった。風《かぜ》がふいて、私《わたし》たちの髪《かみ》を巻《ま》き上《あ》げていく。少《すこ》しだけ息《いき》が楽《らく》になるような気《き》がした。

「なんだか、ふっきれたな」

「わかる。なんか、ここまで来《く》ると逆《ぎゃく》に肝《きも》がすわるっていうか」

「……だね」

陽菜《ひな》さんと花音《かのん》ちゃん、柴崎《しばさき》くんがそう言《い》って笑《わら》った。

私《わたし》も。張《は》りつめていた気持《きも》ちがちょっと楽《らく》になった。自分《じぶん》の人生《じんせい》に胸《むね》を張《は》っていたいって陽菜《ひな》さんが言《い》っていたけど、その通《とお》りだ。

私《わたし》は自分《じぶん》の選択《せんたく》を後悔《こうかい》したくない。だから、これでよかったんだよ！

〈チーム《月《つき》》は一回休《いっかいやす》みです。チーム《太陽《たいよう》》、サイコロをふってください〉

「よし！」

私《わたし》は気合《きあ》いを入《い》れてタブレットに向《む》き直《なお》った。

正直《しょうじき》、ここからチーム《月《つき》》に勝《か》つのは……絶望的《ぜつぼうてき》なんだと思《おも》う。

でも、最後《さいご》の最後《さいご》まで、あがいてみよう。

生《い》きていれば、チャンスは絶対《ぜったい》にめぐってくる。最後《さいご》まであきらめずに、全員《ぜんいん》で生《い》き残《のこ》る選択《せんたく》をしていきたい！

「じゃあ、サイコロをふるね！」

「うん、頼《たの》むよ」

「がんばれ、朱里《あかり》！」

みんなの声援《せいえん》を受《う》けて、サイコロをふった――！

〈3の目《め》が出《で》ました。チーム《太陽《たいよう》》は3マス進《すす》んでください〉


――ピコッ！

▼▼▼革命《かくめい》
・両《りょう》チームの場所《ばしょ》を強制的《きょうせいてき》に入《い》れ替《か》えます

——えっ。


「え、えええ⁉」

う、うそ——————っ！

「そ、そんなことある⁉」

「すごい！　それじゃあ、僕《ぼく》たち……！」

あっという間《ま》に景色《けしき》がゆがんだ。

体《からだ》がぐらっと傾《かたむ》いて、そして、気《き》づいたら……！

「ここ、屋上《おくじょう》の手前《てまえ》！」

「チーム《月《つき》》がいたところに、ワープしたの⁉」

私《わたし》たちは、屋上《おくじょう》からあと5マスのところに移動《いどう》していた。

「や……やった……！　やったあ！」

こんなマスがあったなんて！

しかもこのタイミングでこのマスに止《と》まれたなんて、す、すごい！

「めちゃくちゃ運《うん》がいいよ、私《わたし》たち！」

「いや、ちがう。若菜《わかな》さん、キミが運《うん》を引《ひ》き寄《よ》せたんだ……！」

陽菜《ひな》さんがにっこりと笑《わら》う。

「キミが、『あきらめない』と言《い》ってくれた。その力強《ちからづよ》い言葉《ことば》が、キミにチャンスと運《うん》を運《はこ》んできたんだよ」

「あっわかる。朱里《あかり》ってそういう、わけわからないパワーを感《かん》じるときあるもんね！」

「そうだね。……そのおかげで、僕《ぼく》たちはここまで、生《い》きてこれたのかもしれない」

なんだか、恥《は》ずかしい。でも、それ以上《いじょう》に……すごく、うれしいよ。

「みんな、ありがとう！」

そのとき！

――ピピピッ！

『もう勝《か》ったつもりでいるの？　どれだけお気楽《きらく》なのかしら』

お、鳳《おおとり》さん！

『まだあなたたちは勝者《しょうしゃ》じゃない。勝《か》つのは私《わたし》たち、《月《つき》》よ。忘《わす》れないで』

鳳《おおとり》さんはそれだけ言《い》うと、一方的《いっぽうてき》に通話《つうわ》を切《き》ってしまった。

そうだ、まだゲームは終《お》わっていない。

私《わたし》たち《太陽《たいよう》》は、55マス目《め》。ゴールまであと5マス。

《月《つき》》チームは3マス目《め》。ゴールまであと57マス。

もう勝《か》てる！と思《おも》ったけど、さっき私《わたし》たちがとまったようなマスが、またあるかもしれない。

まだ油断《ゆだん》できない……！

タブレットを起動《きどう》して、チーム《月《つき》》の様子《ようす》を見《み》た。

ぶちキレてるかなえちゃん。それをなだめつつも不安《ふあん》そうな陸斗《りくと》。そして……相変《あいか》わらずクールな鳳《おおとり》さん。

……鳳《おおとり》さん。なにを考《かんが》えているの？

〈チーム《月《つき》》はサイコロをふってください〉

くるくるとサイコロが回《まわ》り、ピタッと止《と》まる。

サイコロが示《しめ》した数字《すうじ》は『2』。

2マス進《すす》んで、チーム《月《つき》》が5マス目《め》の場所《ばしょ》へと移動《いどう》した。

校庭《こうてい》のはじ、『ふりだし』から真横《まよこ》に少《すこ》し進《すす》んだそこは、ベンチが二脚《にきゃく》並《なら》べておいてある。

そして、その上《うえ》に並《なら》ぶ、黒《くろ》い何《なに》かが三《みっ》つ……。

『なにこれ』

かなえちゃんがそれを手《て》に取《と》った。

『これって、もしかして、銃《じゅう》!?』

そのとき。

——チリンチリン！

タブレットに『チャンス！』の文字《もじ》が表示《ひょうじ》される。

〈チーム《月《つき》》、チャンスマスです。試練《しれん》をクリアすれば、大幅《おおはば》にコマを進《すす》めることができます〉

チャンスマス……！

危険《きけん》な試練《しれん》だけど、クリアすれば大《おお》きくマスを進《すす》めることができる。

いったい、どんな試練《しれん》なの!?

そして、そこに映《うつ》し出《だ》された試練《しれん》を見《み》て、今度《こんど》こそ私《わたし》たちは、言葉《ことば》を失《うしな》った。

▼▼▼シューティングゲーム
・一人《ひとり》につき一《ひと》つ銃《じゅう》を渡《わた》します
・その銃《じゅう》で、ゲームの参加《さんか》メンバーを撃《う》ち殺《ころ》してください
…………………

【生存者一覧《せいぞんしゃいちらん》】

チーム《太陽《たいよう》》残《のこ》り四名《よんめい》
55／60 残《ざん》マス数《すう》5
東雲花音《しののめかのん》 柴崎瞬《しばさきしゅん》 瀬戸《せと》ヒカル
鳴海海《なるみうみ》 星川蒼太《ほしかわそうた》 若菜朱里《わかなあかり》 鷲尾陽菜《わしおひな》

チーム《月《つき》》残《のこ》り三名《さんめい》
5／60 残《ざん》マス数《すう》55
飛鳥煌《あすかこう》 鳳莉央《おおとりりお》 神谷《かみたに》かなえ 久遠陸斗《くおんりくと》
鷹見昴《たかみすばる》 錦戸樹《にしきどいつき》 葉月《はづき》サキ

シューティングゲーム

▼▼▼シューティングゲーム
・一人《ひとり》につき一《ひと》つ銃《じゅう》を渡《わた》します
・その銃《じゅう》で、ゲームの参加《さんか》メンバーを撃《う》ち殺《ころ》してください
・制限時間《せいげんじかん》は三十分《さんじっぷん》
・撃《う》ち殺《ころ》した数《かず》に応《おう》じて10ずつマスを進《すす》めることができます

な、なに、これ!?
『なに考《かんが》えてるんだ!』
タブレットから陸斗《りくと》の悲鳴《ひめい》が聞《き》こえた。
『こ、こんなの、ただの殺《ころ》し合《あ》いじゃないか!　こんなこと……!』

〈各個人《かくこじん》に装着《そうちゃく》した警報装置《けいほうそうち》を解除《かいじょ》〉
〈今《いま》から三十分《さんじっぷん》、マスを出《で》て自由《じゆう》に動《うご》けるようになりました〉
陸斗《りくと》の声《こえ》を無視《むし》して、アナウンスが告《つ》げる！
〈それでは、ゲームスタート〉
瞬間《しゅんかん》、鳳《おおとり》さんが体《からだ》をひるがえした！
――パアンッ！
『うわっ……！』
いつの間《ま》にか、鳳《おおとり》さんの手《て》には銃《じゅう》が握《にぎ》られている。
『お、鳳《おおとり》！　なにを……！』
『私《わたし》はこんなところで死《し》ぬわけにはいかないの』
鳳《おおとり》さんは陸斗《りくと》に向《む》かって銃《じゅう》をもう一度《いちど》向《む》ける。
『クリアしないといけないの。悪《わる》く思《おも》わないで』
――パアンッ！
『うっ……！』
『陸斗《りくと》くん！』

陸斗《りくと》の顔《かお》を、銃弾《じゅうだん》がかすった！

間一髪《かんいっぱつ》よけた陸斗《りくと》の頬《ほお》から、つーっと血《ち》が一筋《ひとすじ》流《なが》れる。

「陸斗《りくと》！　かなえちゃん！　逃《に》げて……！」

とっさにタブレットの通話機能《つうわきのう》を押《お》して、叫《さけ》ぶ。

でも、二人《ふたり》ともそれどころじゃない……！

『くそっ……！』

ベンチに置《お》いてあるもうひとつの銃《じゅう》を陸斗《りくと》が手《て》に取《と》る！

空《あ》いた手《て》で呆然《ぼうぜん》としているかなえちゃんの手《て》を取《と》って、二人《ふたり》で逃《に》げ出《だ》した！

——パアンッ！

その後《うし》ろから鳳《おおとり》さんの銃音《じゅうおん》が聞《き》こえる。

「なんだ、これ、なんなんだよ！」

花音《かのん》ちゃんが真《ま》っ青《さお》な顔《かお》で声《こえ》をあげる。

「銃《じゅう》で殺《ころ》し合《あ》い!?　そんなのありかよ！」

「鳳《おおとり》さんの銃《じゅう》の構《かま》え、完璧《かんぺき》だ。重心《じゅうしん》も安定《あんてい》しているし、撃《う》つのは初《はじ》めてじゃない」

陽菜《ひな》さんはこんなときでも冷静《れいせい》だ。

「しかも、確実《かくじつ》に殺《ころ》しにきている。……なんで、こんなことに」

タブレットの画面《がめん》が切《き》り替《か》わった。

陸斗《りくと》とかなえちゃんは無事《ぶじ》に校舎《こうしゃ》に逃《に》げ込《こ》めたみたいだった。その後《うし》ろを鳳《おおとり》さんが追《お》いかける！

陸斗《りくと》が鳳《おおとり》さんの隙《すき》をつき、近《ちか》くにあった保健室《ほけんしつ》に転《ころ》がり込《こ》んだ！

かなえちゃんも一緒《いっしょ》だ。二人《ふたり》とも息《いき》が切《き》れている。

鳳《おおとり》さんは二人《ふたり》を見失《みうしな》ったみたいで、一度《いちど》立《た》ち止《ど》まる。息《いき》を整《ととの》えてからゆっくりと歩《ある》き始《はじ》めた。

『……見《み》つかってないな』

十分《じゅうぶん》に距離《きょり》が離《はな》れてから、陸斗《りくと》がひそひそとささやいた。かなえちゃんもうなずいて、そっと息《いき》を整《ととの》えている。

タブレットの画面《がめん》を見《み》ながら、私《わたし》は祈《いの》る。

どうか……どうかこのまま、二人《ふたり》が見《み》つかりませんように。

そうして制限時間《せいげんじかん》になって、ゲームが終了《しゅうりょう》しますように……！

でも——！

『バカね』
――パアンッ！
『うわあっ……！』
『陸斗《りくと》くん……！　陸斗《りくと》くん！』
陸斗《りくと》が肩《かた》を押《お》さえてうずくまった。
保健室《ほけんしつ》には、校庭《こうてい》に続《つづ》いている窓《まど》がある。
鳳《おおとり》さんの姿《すがた》が、その窓越《まどご》しに見《み》えた。窓《まど》の向《む》こうから、陸斗《りくと》を撃《う》ったんだ……！
『外《はず》したわね。もう一回《いっかい》！』
――パアンッ！
鳳《おおとり》さんがもう一度《いちど》陸斗《りくと》に銃《じゅう》を撃《う》った、次《つぎ》の瞬間《しゅんかん》！
ドンッ……！
かなえちゃんが、陸斗《りくと》を突《つ》き飛《と》ばして――そして！
『ううっ……』
『か、神谷《かみたに》……』
『陸斗《りくと》くん……逃《に》げ……て！』

『でも、お前《まえ》、血《ち》がっ……』

『いいから逃《に》げて……っ！　はやく！』

かなえちゃんの顔《かお》が、どんどん白《しろ》くなっていく。

『……陸斗《りくと》くんなら、わかる……でしょ。あぶないのは……私《わたし》たちだけじゃ、ない……』

その言葉《ことば》にハッと陸斗《りくと》は目《め》を見開《みひら》いた。

『私《わたし》はもうだめだから。……だから、逃《に》げ……』

陸斗《りくと》はかなえちゃんの手《て》を取《と》った。

そのままひたいに押《お》しつけるようにして、立《た》ち上《あ》がる。

『神谷《かみたに》、ごめん……』

それだけを言《い》い残《のこ》して、保健室《ほけんしつ》から逃《に》げ出《だ》していく。

かなえちゃんはうっすらと目《め》を開《あ》けて、笑《わら》っていた。

『ね、朱里《あかり》……』

「かなえちゃん……！」

タブレットは校庭《こうてい》に置《お》きっぱなしだ。だから、この声《こえ》がかなえちゃんに届《とど》くわけがない。

『ざまあみろ……。これで、陸斗《りくと》くんは、私《わたし》のこと……っ』

ごふっとかなえちゃんの口《くち》から血《ち》が流《なが》れる。

『私《わたし》のこと……ぜったい、忘《わす》れないよ……。ざまあ……みろ……』

「かなえちゃん……！　かなえちゃん、イヤだ、イヤだよ……っ！　死《し》なないで、かなえちゃんっ……！」

ボタボタと涙《なみだ》がタブレットに落《お》ちた。

なんでなの……なんでこんなことになっちゃうの。

いつも一緒《いっしょ》だったかなえちゃん。小学校《しょうがっこう》の入学式《にゅうがくしき》で、緊張《きんちょう》している私《わたし》に声《こえ》をかけてくれたのがきっかけで、仲良《なかよ》くなって……。

一緒《いっしょ》に帰《かえ》ってよく寄《よ》り道《みち》もしたっけ。買《か》い食《ぐ》いはダメって言《い》われてたのに、こっそりコンビニでお菓子《かし》を買《か》って、二人《ふたり》で食《た》べるの、楽《たの》しかったよね。

陸斗《りくと》と三人《さんにん》で遊《あそ》ぶようになってからは、ゲームで対戦《たいせん》もした。頭《あたま》がいいのにゲームは苦手《にがて》な陸斗《りくと》を二人《ふたり》でボコボコにしたっけ。くやしがる陸斗《りくと》をさんざん二人《ふたり》で笑《わら》って……。

どうしよ、涙《なみだ》が止《と》まらないよ。

かなえちゃん、私《わたし》、かなえちゃんのこと、好《す》きだよ。大好《だいす》きな友《とも》だちだよ。


もうかなえちゃんは動《うご》かない。

満足《まんぞく》そうに笑《わら》ったまま……かなえちゃんは、逝《い》ってしまったんだ……。


〈神谷《かみたに》かなえ、死亡確認《しぼうかくにん》〉


「……り、朱里《あかり》！」

花音《かのん》ちゃんが私《わたし》の肩《かた》をつかんだ。

「逃《に》げるよ！」

「えっ……逃《に》げ……？」

柴崎《しばさき》くんが真《ま》っ青《さお》な顔《かお》で口《くち》を開《ひら》く。

「さっきの神谷《かみたに》の言葉《ことば》……『危《あぶ》ないのは私《わたし》たちだけじゃない』っていうので、気《き》づいた。**これは、みなごろしゲームだ**」

「えっ……!?　み、みなごろし!?」

「シューティングゲームのルールは、『ゲームの参加《さんか》メンバーを撃《う》ち殺《ころ》してください』。つまり、僕《ぼく》たちも危《あぶ》ないんだよ！」

そ、そんな！

「おかしいと……思《おも》ったんだ。ゲームが始《はじ》まる直前《ちょくぜん》、首元《くびもと》のチョーカーから、カチャッと音《おと》が聞《き》こえた。これは、警報装置《けいほうそうち》が解除《かいじょ》された音《おと》。つまり、マスの外《そと》に出《で》てもいいということなんだ！」

柴崎《しばさき》くんは焦《あせ》った顔《かお》で言《い》いつのる。

「早《はや》く逃《に》げよう。鳳《おおとり》は久遠陸斗《くおんりくと》を見失《みうしな》った。次《つぎ》に居場所《いばしょ》がわかるのは、私《わたし》たち……この55マス目《め》だ！」

陽菜《ひな》さんがそう言《い》って、きびすを返《かえ》した……その瞬間《しゅんかん》！


――パアンッ！


「っ……！」

陽菜《ひな》さんが目《め》を見開《みひら》いて、前《まえ》のめりに倒《たお》れる。その後《うし》ろにいたのは……！

「お、鳳《おおとり》さん……」

「よく気《き》づいたわね、と言《い》いたいところだけど。ちょっと遅《おそ》かったわ」

鳳《おおとり》さんは銃《じゅう》を構《かま》えなおす。その銃口《じゅうこう》は、まちがいなく私《わたし》を狙《ねら》っている……！

「残念《ざんねん》だけど、ここで死《し》んで」

「だめだっ……！」

うずくまっていた陽菜《ひな》さんが、よろめく足《あし》で私《わたし》の前《まえ》に飛《と》び出《だ》して、そして……！

——パアンッ！

「ぐうっ……！」

「陽菜《ひな》さん!!」

「若菜《わかな》、さん……っ、キミは生《い》き残《のこ》るべき……人《ひと》だ……」

〈鷲尾陽菜《わしおひな》、死亡確認《しぼうかくにん》〉

あっ……！

「ひ……陽菜《ひな》さん！　陽菜《ひな》さん……！」

そんな、イヤだよ。どうしてっ……！

「死《し》ね！」

「朱里《あかり》っ……！　危《あぶ》ない！」

——ドンッ！

花音《かのん》ちゃんが鳳《おおとり》さんにタックルする！

二人《ふたり》そろって床《ゆか》に倒《たお》れ込《こ》み、銃《じゅう》が床《ゆか》に転《ころ》がった！

花音《かのん》ちゃんは銃《じゅう》に飛《と》びついた。震《ふる》える手《て》で銃《じゅう》を握《にぎ》りしめて立《た》ち上《あ》がると、床《ゆか》に倒《たお》れたままの鳳《おおとり》さんに照準《しょうじゅん》を合《あ》わせる。

「お……鳳《おおとり》！　う、動《うご》いたら撃《う》つ！」

「できるのかしら。銃《じゅう》を撃《う》ったことがないんでしょ？」

「……っ柴崎《しばさき》！」

花音《かのん》ちゃんは叫《さけ》んだ。

「朱里《あかり》を連《つ》れて、逃《に》げて！」

「な、なにを……！」

「いいから、早《はや》くっ……！」

花音《かのん》ちゃんは涙《なみだ》を流《なが》しながら叫《さけ》んだ。

「あんたしか頼《たの》めねーんだよ！　頼《たの》む、柴崎《しばさき》っ……！」

柴崎《しばさき》くんは一瞬《いっしゅん》ひるんで、うなずくと私《わたし》の腕《うで》をとって廊下《ろうか》を走《はし》り出《だ》した！

「柴崎《しばさき》くん……！　だめだよ、花音《かのん》ちゃんが！」

「その東雲《しののめ》さんが僕《ぼく》に頼《たの》んだんだ！　いいから行《い》くぞっ……」

二人《ふたり》で廊下《ろうか》を走《はし》る。三階《さんかい》をおりて、二階《にかい》を走《はし》り、一階《いっかい》にたどり着《つ》いたところで……！

――パアンッ！

〈東雲花音《しののめかのん》、死亡確認《しぼうかくにん》〉

ああっ……！

涙《なみだ》で前《まえ》が見《み》えない。きっと柴崎《しばさき》くんもそうなんだろう。

二人《ふたり》で廊下《ろうか》を走《はし》りぬける。そのまま昇降口《しょうこうぐち》の、くつ箱《ばこ》に体《からだ》を預《あず》けて座《すわ》り込《こ》んだ。

息《いき》が上《あ》がっている。心臓《しんぞう》が悲鳴《ひめい》をあげて、もう一歩《いっぽ》も動《うご》けない……！

「わ……私《わたし》のせい……でっ」

一度口《いちどくち》から出《で》た言葉《ことば》はもう止《と》まらなかった。

「し……死《し》んじゃった、二人《ふたり》とも！」

陽菜《ひな》さん。花音《かのん》ちゃん。

私《わたし》のせいで。私《わたし》をかばったせいで。

涙《なみだ》があふれて止《と》まらない。

苦《くる》しいよ。

頭《あたま》が熱《あつ》くて、喉《のど》もやけどしそうなほどひりひりしているのに、心《こころ》の奥《おく》が……凍《こお》ってしまったみたいに冷《つめ》たいんだ。

「ごめんっ……ごめんなさい。私《わたし》なんかのせいでっ……ごめんなさいっ……！」

――バチンッ！

頬《ほお》が、じんっと痛《いた》む。柴崎《しばさき》くんが、泣《な》きはらした目《め》で私《わたし》をにらんでいた。

わ……私《わたし》、頬《ほお》を叩《たた》かれた……？

「言《い》っとくけど、謝《あやま》らないからな！」

「し、しば……さきくん」

「どうして鷲尾《わしお》がお前《まえ》をかばったのか！　し……東雲《しののめ》さんがっ、命《いのち》をかけてお前《まえ》を逃《に》がしたのか！　気《き》づけよ、このバカ！」

「……えっ」

「みんなお前《まえ》に救《すく》われた！　お前《まえ》はずっと！　あきらめないって言《い》ってくれた。生《い》きていればチャンスがあるって……生《い》きようって言《い》い続《つづ》けてくれた！　それにどれだけ救《すく》われたか、気《き》づかないのか!?」

柴崎《しばさき》くんの目《め》から、また新《あたら》しい涙《なみだ》があふれた。

「ぼ……僕《ぼく》だって。人《ひと》を殺《ころ》した僕《ぼく》だって！　お前《まえ》の言葉《ことば》に救《すく》われたっ……」

ぬれた目《め》で柴崎《しばさき》くんは私《わたし》をまっすぐ見《み》た。そして、とつぜん立《た》ち上《あ》がった。

「……し、柴崎《しばさき》くん……？」

「若菜朱里《わかなあかり》。お前《まえ》は僕《ぼく》たちの希望《きぼう》……それこそ、《太陽《たいよう》》だったんだ」

「な、なにを言《い》ってるの……？」

「生《い》き残《のこ》るのはお前《まえ》だ。ゲームに勝《か》って……そして、ちゃんと終《お》わらせてほしい」

そう言《い》うと、柴崎《しばさき》くんは身《み》をひるがえした。

「柴崎《しばさき》くん……!?」

イヤな予感《よかん》がする。ものすごくイヤな予感《よかん》が。

どうして、そんなことを言《い》うの!?

そんな、遺言《ゆいごん》みたいなことっ……！

立《た》ち上《あ》がって、追《お》いかけようとした、そのとき！

「こんなところに隠《かく》れてたのね」

お……鳳《おおとり》さんの声《こえ》が……聞《き》こえる。

「あなた一人《ひとり》？　ふうん。若菜《わかな》さんを逃《に》がしたのね。立派《りっぱ》なナイトだこと」

「ちがうよ」

柴崎《しばさき》くんの震《ふる》える声《こえ》が聞《き》こえる。

「僕《ぼく》は東雲《しののめ》さんのナイトだ」

「あはは っ……何《なに》を言《い》っているの？　彼女《かのじょ》はもう死《し》んだわよ」

「死《し》んだから、なに？　東雲《しののめ》さんは僕《ぼく》に頼《たの》んだんだ。朱里《あかり》を逃《に》がせって。僕《ぼく》にしか頼《たの》めないって……！　だから、僕《ぼく》はお前《まえ》をここで止《と》める！」

柴崎《しばさき》くんっ……！

「逃《に》げろ！　お前《まえ》が捕《つか》まったら、殺《ころ》されたら、僕《ぼく》は許《ゆる》さない！　制限時間《せいげんじかん》まで逃《に》げれば勝《か》ちだ！　逃《に》げろ……！」

ああっ……これは、私《わたし》に言《い》ってるんだ。

私《わたし》に聞《き》こえるように……言《い》ってるんだ！

私《わたし》は……はじかれたように身《み》をひるがえし、昇降口《しょうこうぐち》をかけぬけ校庭《こうてい》におどり出《で》た。

——パアンッ……！

耳元《みみもと》を銃弾《じゅうだん》がかする。

「おい鳳《おおとり》！　お前《まえ》の相手《あいて》は……僕《ぼく》だ！」

背後《はいご》で柴崎《しばさき》くんたちが争《あらそ》っている音《おと》が聞《き》こえる！
ふり向《む》きたい。駆《か》け寄《よ》りたい！　助《たす》けに行《い》きたい！　でもっ……！
それをしたら、みんなの気持《きも》ちを無駄《むだ》にしてしまうことになる……！
「うっ……あああああっ……」
くやしい。くやしい……くやしい！
どうしてなの。なんでこんなことになってしまうの！
逃《に》げなきゃという気持《きも》ちと、駆《か》け戻《もど》りたいという気持《きも》ちがせめぎ合《あ》う。

――パアンッ！
〈柴崎《しばさき》瞬《しゅん》、死亡確認《しぼうかくにん》〉
ああ――。
アナウンスがむなしく頭《あたま》の中《なか》で響《ひび》き渡《わた》った。
校庭《こうてい》の中央《ちゅうおう》で、私《わたし》は立《た》ち止《ど》まる。
それは、柴崎《しばさき》くんの死《し》の知《し》らせのせい。
そして、もうひとつの……できごとの、せい。
「り……陸斗《りくと》……？」

校庭《こうてい》の中央《ちゅうおう》では、陸斗《りくと》が倒《たお》れていた。
肩《かた》から血《ち》が流《なが》れている。顔《かお》も真《ま》っ青《さお》で、片《かた》手《て》に銃《じゅう》を握《にぎ》りしめたままぐったりとして動《うご》かない。

「陸斗《りくと》！　陸斗《りくと》……！」

「朱里《あかり》……？」

陸斗《りくと》はうっすらと目《め》をあけて、私《わたし》を探《さが》すようなしぐさをした。かけよって空《あ》いている方《ほう》の手《て》を握《にぎ》ると、氷《こおり》のように冷《つめ》たい。

「俺《おれ》は、死《し》ぬんだな……」

「何《なに》言《い》ってるの、陸斗《りくと》！　あきらめちゃダメだよ！」

「血《ち》が流《なが》れすぎた。……目《め》も見《み》えない」

陸斗《りくと》の体《からだ》から、どんどん体温《たいおん》がなくなっていくのがわかる。

〈制限時間《せいげんじかん》、あと五分《ごふん》です〉

あと……五分《ごふん》。

「朱里《あかり》……」

陸斗《りくと》が、かすれた声《こえ》でささやいた。

「俺《おれ》、は……お前《まえ》が……」

「……り、陸斗《りくと》……？」

陸斗《りくと》の目《め》がすっと閉《と》じられた。

ウソ……ウソでしょ……？

「陸斗《りくと》……！　イヤだ、死《し》なないで！　陸斗《りくと》……っ！」

「もう久遠《くおん》くんは、ダメね。ほっといても死《し》ぬでしょう」

声《こえ》が聞《き》こえて、顔《かお》をあげる。

そこには。銃《じゅう》をひっさげた鳳《おおとり》さんが、笑《え》みを浮《う》かべて立《た》っていた……。

「久遠《くおん》くんを入《い》れれば、これで五人《ごにん》。つまり50マス進《すす》めるわ。そして……」

鳳《おおとり》さんは私《わたし》にピタリと銃口《じゅうこう》を向《む》けた。

「あなたを撃《う》てば、プラス10マスで60マス。これで『あがり』よ」

私《わたし》は陸斗《りくと》の体《からだ》をぐっと抱《だ》いた。

もう……ほとんど体温《たいおん》がない。冷《つめ》たくなっていく陸斗《りくと》の体《からだ》が、これが現実《げんじつ》だと教《おし》えてくれている。

「ねえ……鳳《おおとり》さん。どうして……こんなこと、するの」

「決《き》まってるじゃない。私《わたし》がリーダーになるためよ」

鳳《おおとり》さんはふふっと笑《え》みを浮《う》かべた。

「父《ちち》に連《つ》れられて、世界各国《せかいかっこく》を回《まわ》ったわ。そのときに身《み》に染《し》みてわかったの。今《いま》の時代《じだい》に足《た》りないものは、『優秀《ゆうしゅう》なリーダー』なんだ。リーダーを育《そだ》てないといけないんだって」

銃《じゅう》に視線《しせん》を落《お》として、鳳《おおとり》さんはなおも言葉《ことば》をつなぐ。

「それには、私《わたし》たちのような子《こ》どもからリーダーになるべき人《ひと》を選別《せんべつ》し、教育《きょういく》する必要《ひつよう》がある。だから、全国《ぜんこく》の中学校《ちゅうがっこう》で、優秀《ゆうしゅう》だと言《い》われているあなたたちを、実験《じっけん》サンプルに選《えら》んだの。なのに」

鳳《おおとり》さんは、顔《かお》をゆがめた。

「あなたたちは、そろいもそろって不甲斐《ふがい》ない。とんだ甘《あま》ったれが多《おお》すぎるわ。とくにあなたよ、若菜朱里《わかなあかり》。勝《か》つか負《ま》けるかは生《い》きるか死《し》ぬか。その選択《せんたく》で、わざわざ負《ま》けが見《み》える方《ほう》を選《えら》んだ。信《しん》じられないわ。……このまま、私《わたし》たちが負《ま》けたら、必然的《ひつぜんてき》にあなたたちが『優秀《ゆうしゅう》なリーダー』として教育《きょういく》を受《う》けることになる。そんなことをしたら、未来《みらい》はおしまいよ！」

「なに、言《い》ってるの……？」

「負《ま》けたら死《し》ぬ、それがこの世界《せかい》の方程式《ほうていしき》なのよ⁉　なのに、あなたは負《ま》けるような道《みち》を選《えら》んだ。たった一人《ひとり》の命《いのち》を惜《お》しんで……！　そんな選択《せんたく》、リーダーなら許《ゆる》されない。確《かく》実《じつ》に勝《か》つ選択《せんたく》をすべきなの！　私《わたし》は、そう教《おそ》わった！　だから……私《わたし》っ……」

鳳《おおとり》さんはもう一度《いちど》、私《わたし》に向《む》かって銃《じゅう》を向《む》ける。

「私《わたし》が、リーダーになるわ。それしか、道《みち》がないの！」

本気《ほんき》だ。本気《ほんき》で私《わたし》を殺《ころ》すんだ。

きっともう逃《に》げられない。この距離《きょり》で銃《じゅう》を向《む》けられて、私《わたし》は武器《ぶき》を何《なに》も持《も》っていなくて。そして、鳳《おおとり》さんはもう何人《なんにん》も殺《ころ》してる。

きっと、ここで殺《ころ》されるんだ。

でも、おかしいな。怖《こわ》がってもおかしくない状況《じょうきょう》なのに。それとも、マヒしちゃっているのかな。

頭《あたま》も、心《こころ》も、すごくクリアだ。

ふつふつと自分《じぶん》の中《なか》でなにかが煮《に》えている。でも、それは爆発《ばくはつ》するような感情《かんじょう》ではなくて。もっと、奥《おく》――。

「鳳《おおとり》さん。私《わたし》にはむずかしいことはわからないよ。でも……！」

心《こころ》がとても静《しず》かだ。

どこまでも透《す》き通《とお》った心《こころ》が、たった一《ひと》つの答《こた》えを導《みちび》き出《だ》しているみたい。

「だれにも死《し》んでほしくない。それだけはわかる。もちろん、鳳《おおとり》さんにも……！」

「……っ、きれいごと、ばっかり言《い》うのね」

「私《わたし》は、あきらめない」

〈制限時間《せいげんじかん》、あと一分《いっぷん》です〉

アナウンスが響《ひび》く。

鳳《おおとり》さんは一瞬《いっしゅん》顔《かお》をゆがめて、銃《じゅう》を両手《りょうて》で握《にぎ》り直《なお》した。

「私《わたし》はあきらめない。最後《さいご》まで、あきらめない！」

「だまってよ！」

鳳《おおとり》さんの瞳《ひとみ》から、涙《なみだ》がひとつぶ落《お》ちた。

「これでおしまいよ。さよなら、若菜朱里《わかなあかり》さん……！」

——パアンッ！

そのとき起《お》きたことを、どう説明《せつめい》すればいいか、私《わたし》にはわからない。

ただ、鳳《おおとり》さんの持《も》っていた銃《じゅう》がとつぜんはじかれたこと。その衝撃《しょうげき》で、鳳《おおとり》さんが銃《じゅう》を取り落《お》としたこと。

陸斗《りくと》が——銃《じゅう》を握《にぎ》りしめていたこと。

そのことしか……わからない。

「……あか、り……生《い》き……ろ」

〈久遠陸斗《くおんりくと》、死亡確認《しぼうかくにん》〉


——ビーッ！　ビーッ！　ビーッ！

〈制限時間《せいげんじかん》となりました〉

〈チーム《月《つき》》、五人討伐《ごにんとうばつ》。試練《しれん》クリアを認《みと》めます。50マス進《すす》んでください〉

【生存者《せいぞんしゃ》一覧《いちらん》】

チーム《太陽《たいよう》》 残《のこ》り一名《いちめい》
55／60 残《ざん》マス数《すう》5

東雲花音《しののめかのん》 柴崎瞬《しばさきしゅん》 瀬戸《せと》ヒカル
鳴海海《なるみうみ》 星川蒼太《ほしかわそうた》 若菜朱里《わかなあかり》 鷲尾陽菜《わしおひな》

チーム《月《つき》》 残《のこ》り一名《いちめい》
55／60 残《ざん》マス数《すう》5

飛鳥煌《あすかこう》 鳳莉央《おおとりりお》 神谷《かみたに》かなえ 久遠陸斗《くおんりくと》
鷹見昴《たかみすばる》 錦戸樹《にしきどいつき》 葉月《はづき》サラ

神《かみ》の試《し》練《れん》

ぐらぐらっと地面《じめん》がゆれて、ぱっと目《め》をあけたときには。

私《わたし》は……私《わたし》たちは55マス目《め》。屋上《おくじょう》へとつづく階段《かいだん》の途《と》中《ちゅう》に戻《もど》っていた。

「若菜朱里《わかなあかり》……」

鳳《おおとり》さんが、私《わたし》を見《み》つめている。顔《かお》をゆがめて、涙《なみだ》をこらえているようにも見《み》える。

「どうしてあなたなの。どうして、あなたが生《い》き残《のこ》っているの……？　運《うん》が強《つよ》いだけじゃない。なんの変哲《へんてつ》もない、とりえもないどこにでもいそうな普《ふ》通《つう》の子《こ》なのに、みんなはあなたのことを守《まも》っていたわ」

私《わたし》も鳳《おおとり》さんの視《し》線《せん》をまっすぐに受《う》け止《と》めた。

陸斗《りくと》が、死《し》んじゃった。私《わたし》を助《たす》けるために最後《さいご》の力《ちから》を振《ふ》りしぼって、銃《じゅう》を撃《う》って……。

ううん、陸斗《りくと》だけじゃない。みんな、死《し》んじゃった……！

涙《なみだ》だけがぼたぼたと落《お》ちる。でも、やっぱり心《こころ》はすごくクリアだ。

どうして、なんて聞《き》かれてもわからない。

だから……。

「私《わたし》は……！」

拳《こぶし》を握《にぎ》りしめた。

「あきらめたくない。……もう誰《だれ》にも死《し》んでほしくない。それだけだよ……！」

「そう……いいわ。終《お》わらせましょう。さあ、次《つぎ》はあなたの番《ばん》よ」


〈チーム《太陽《たいよう》》はサイコロをふってください〉

私《わたし》はタブレットに向《む》き合《あ》った。

今私《いまわたし》たちがいるマスは55。5以上《いじょう》を出《だ》せば、『あがり』だ。

深呼吸《しんこきゅう》をして、サイコロをタップすると——！

〈4の目《め》が出《で》ました。チーム《太陽《たいよう》》は4マス進《すす》んでください〉

ああっ……！

もう、屋上《おくじょう》へ続《つづ》く扉《とびら》が目《め》の前《まえ》にある。

それなのに、あと1……あと1足《た》りないなんて！

——ピコッ。

タブレットに試練《しれん》が表示《ひょうじ》された。
そこには――。

▼▼▼神《かみ》の試練《しれん》
・運命《うんめい》のサイコロをふってください
・『1』が出《で》ればあがり
・それ以外《いがい》が出《で》たら、死亡《しぼう》

つまり、これは……。

「生《い》きるか、死《し》ぬか……」

――ポトン、と落《お》ちてきたのは、サイコロだ。

両手《りょうて》で抱《かか》えられるくらいの大《おお》きさのサイコロが、私《わたし》の足下《あしもと》に転《ころ》がっている。

これが……運命《うんめい》のサイコロ？

タブレット上《じょう》でふっていたサイコロではなくて、このサイコロをふれ、ということ、なんだよね？

「あなたにふさわしい試練《しれん》じゃない」

鳳《おおとり》さんが、挑戦的《ちょうせんてき》に笑《わら》っている。

「よりによって『運命《うんめい》のサイコロ』だなんて、名前《なまえ》まで皮肉《ひにく》ね。見《み》せてよ、若菜《わかな》さん。あなたの運《うん》がどれほどのものなのか」

ごくっと喉《のど》が鳴《な》った。

震《ふる》える手《て》でサイコロを拾《ひろ》い上《あ》げると、両手《りょうて》で持《も》つ。

「怖《こわ》いの？　手《て》が震《ふる》えてるわ」

「……怖《こわ》いよ」

私《わたし》は答《こた》える。怖《こわ》いのは当《あ》たり前《まえ》だ。だから、別《べつ》に震《ふる》えてるのは恥《は》ずかしいことじゃない。

そう自分《じぶん》に言《い》い聞《き》かせて、私《わたし》は唇《くちびる》を持《も》ち上《あ》げた。

「でも、あきらめてない」

勝《か》つ。

こんな、人《ひと》の命《いのち》をおもちゃにしたゲームに勝《か》って……！

「私《わたし》も、鳳《おおとり》さんも、生《い》きて……帰《かえ》る！」

サイコロを握《にぎ》る手《て》に力《ちから》を入《い》れた。

目《め》をつぶって、そのまま……！

「えいっ……！」

空中《くうちゅう》にサイコロが放《ほう》り投《な》げられる。

くるくるとまわるサイコロの目《め》が、まるでスローモーションのように見《み》える。

お願《ねが》い。お願《ねが》い神《かみ》さま……ゲームに、勝《か》たせて！

「……あっ」

サイコロが床《ゆか》に着地《ちゃくち》して、コマのように回《まわ》り……そして……止《と》まった。

その目《め》の数《かず》は……！
ウ、ウソっ……。
「【6】……」

私《わたし》は天井《てんじょう》を仰《あお》いだ。

だめだった。あきらめないって頑張《がんば》ってきたけど。

そううまくはいかないってことなんだ。

ごめんね、みんな。

ごめんっ……。

そう思《おも》った、ときだった。


——パアンッ……！


とつぜん銃声《じゅうせい》が響《ひび》いた。

サイコロの近《ちか》くの床《ゆか》から煙《けむり》が出《で》ている。そして、その衝撃《しょうげき》で……ゆっくりと、ゆっくりとサイコロが……ひっくり返《かえ》って……。

〈1の目《め》が出《で》ました。チーム《太陽《たいよう》》、試練《しれん》クリアです〉

「えっ……！」

鳳《おおとり》さんの手《て》には、さっきのシューティングゲームで使《つか》われた銃《じゅう》が握《にぎ》られていた。

その銃《じゅう》を使《つか》って……サイコロを、動《うご》かしてくれたんだ。

「あなたの強《つよ》さが、わかったような気《き》がするわ」

「お……鳳《おおとり》さん……？」

「うらやましいわ。あなたみたいな考《かんが》え方《かた》ができれば……きっと、私《わたし》も……」

「待《ま》って、鳳《おおとり》さん、なにを!?」

鳳《おおとり》さんが、ゆっくり手《て》を持《も》ち上《あ》げて。そして。

「父《ちち》に――逆《さか》らうことができたかもしれない」

次《つぎ》の瞬間《しゅんかん》！


「あとは任《まか》せたわ」


――パアンッ――……！

鳳《おおとり》さんは銃《じゅう》を撃《う》った。自分《じぶん》の頭《あたま》に、銃口《じゅうこう》を押《お》し当《あ》て て……！

「――っ……あぁぁ！」

声《こえ》にならない悲鳴《ひめい》が喉《のど》からあふれ出《で》る。

「鳳《おおとり》さん……！　鳳《おおとり》さんっ……！」

いくら声《こえ》をかけても、鳳《おおとり》さんは目《め》を開《あ》けない。まるで満足《まんぞく》したような顔《かお》で、鳳《おおとり》さんは……。

〈鳳莉央《おおとりりお》、死亡確認《しぼうかくにん》〉

ああ……あぁっ……！

「いやあああああああっ……！」

〈チーム《太陽《たいよう》》、『あがり』マスへ進《すす》んでください〉

びょうっと冷《つめ》たい風《かぜ》がふく。
屋上《おくじょう》はなんだかだだっぴろくて、すごく寒《さむ》い。
ううん、寒《さむ》いのはきっと気《き》のせいだ。
さっきから、自分《じぶん》がわからないの。
目《め》の裏《うら》も、喉《のど》の奥《おく》も、頭《あたま》の中《なか》も燃《も》えるように熱《あつ》いのに、体《からだ》の奥底《おくそこ》だけは冷《ひ》えていて。
でも、冷《ひ》えているのに……熱《あつ》いんだ。まるでドライアイスに触《さわ》ったときみたいに。
体《からだ》と心《こころ》がちぐはぐだ。

それでも機械的《きかいてき》に足《あし》を動《うご》かして、私《わたし》は『あがり』と書《か》かれたマス……屋上《おくじょう》の中央《ちゅうおう》にたどり着《つ》いた。

「おめでとうございます。チーム《太陽《たいよう》》……いや、若菜朱里《わかなあかり》さん」

屋上《おくじょう》には、ゲームマスターが立《た》っていた。

その後《うし》ろには十数人《じゅうすうにん》の黒服《くろふく》の男《おとこ》たちが、ゲームマスターを守《まも》るように控《ひか》えている。

「おめでとう」

「おめでとう！」

全員《ぜんいん》が私《わたし》を取《と》り囲《かこ》んで、拍手《はくしゅ》をする。

「君《きみ》こそが、我《わ》が国《くに》を担《にな》うリーダーだ！」

ゲームマスターが、手《て》を大《おお》きく広《ひろ》げた。まるで私《わたし》を迎《むか》え入《い》れるかのように。

「君《きみ》はこれから、次期《じき》リーダーとして特別《とくべつ》な教育《きょういく》を受《う》けてもらう。もちろん、教育《きょういく》と言《い》っても、厳《きび》しいものじゃない。ただちょっと、世界《せかい》の仕組《しく》みの裏側《うらがわ》を見《み》せるだけ。我々《われわれ》の世界《せかい》が、どうやって動《うご》いているのかを知《し》ってもらうだけなので、怖《こわ》いことはない」

黒服《くろふく》の男《おとこ》たちもうんうんとうなずいている。

何《なに》も言《い》わない私《わたし》を、どう思《おも》ったんだろう。

ゲームマスターは声《こえ》に喜《よろこ》びの色《いろ》をのせて、さらに声高《こわだか》にしゃべった。

「さて、無事《ぶじ》に『あがり』までたどりついた君《きみ》は、願《ねが》いを叶《かな》える権利《けんり》を与《あた》えられた。億万《おくまん》長者《ちょうじゃ》をご希望《きぼう》かな？　それとも、誰《だれ》もが君《きみ》にひれふすような権力《けんりょく》かな？」

「だまって」

自分《じぶん》でもおもしろいくらい、冷《つめ》たい声《こえ》が出《で》た。

「あなたが言《い》いたいことはそれだけ？　ほかのみんなが死《し》んじゃったことに対《たい》して、なにも、ないの？」

「ああ。非常《ひじょう》に残念《ざんねん》だと思《おも》っているよ。だが、そういうゲームだ。真《しん》に優秀《ゆうしゅう》な者《もの》のみが生《い》き残《のこ》るようにできている。ほかの子《こ》たちは、その基準《きじゅん》に満《み》たなかった。それだけだ」

「……っ！　鳳《おおとり》さんも……自分《じぶん》の子《こ》どもも、死《し》んだのに!?　それも基準《きじゅん》に満《み》たなかった、で終《お》わらせるの!?」

「当《あ》たり前《まえ》だろう。基準《きじゅん》に満《み》たない者《もの》に興味《きょうみ》はない。もちろん、莉央《りお》はよくやってくれた。そのことには感謝《かんしゃ》しているが、それだけだ」

「なんで、そんなひどいことが言《い》えるの……!?」

「ひどい？　わからないな。優秀《ゆうしゅう》な者《もの》が生《い》き残《のこ》り、弱者《じゃくしゃ》は死《し》ぬ。それがこの世界《せかい》の構造《こうぞう》だ。

だからこそ**我《われ》らは優秀《ゆうしゅう》な子《こ》を探《さが》し出《だ》し、教育《きょういく》しようとしているんだ。すべては、輝《かがや》く未来《みらい》のために**」

ゲームマスターはまるで私《わたし》を手《て》なずけようとするみたいに、大《おお》きく手《て》を開《ひら》いて前《まえ》に差《さ》し出《だ》した。

「さあ。優秀《ゆうしゅう》な若菜朱里《わかなあかり》さん。君《きみ》の願《ねが》いをなんでも叶《かな》えよう。なにを望《のぞ》む？」

私《わたし》は……握《にぎ》りしめた手《て》を胸《むね》の上《うえ》に置《お》いた。

どくん、どくん、と心臓《しんぞう》が鳴《な》る。

私《わたし》は生《い》きていて、みんなは死《し》んだ。

それ以外《いがい》にわたしたちのちがいなんて、どこにもない。

ただ私《わたし》は運《うん》がよかっただけ。優秀《ゆうしゅう》だから生《い》き残《のこ》ったわけじゃないの。

そんなこともわからないんだ、この人《ひと》たちは……！

だからこんなくだらないゲームで、くだらない理由《りゆう》で、みんなを殺《ころ》した……。

こんなゲームなんて……。

そう。

「私《わたし》の望《のぞ》みは」

心《こころ》の中《なか》にずっとこごっていた氷《こおり》が、熱《ねつ》をともなってあっというまに沸騰《ふっとう》していく。

「このゲームを廃止《はいし》すること。今後《こんご》いっさい、こんなゲームを開催《かいさい》しないこと！」

黒服《くろふく》の男《おとこ》たちが、顔《かお》を見合《みあ》わせている。

ゲームマスターは大《おお》げさに手《て》を広《ひろ》げて見《み》せた。

「それが望《のぞ》み？　叶《かな》えてほしい願《ねが》いなのかな？」

「……はい」

いろいろ、考《かんが》えたんだ。

このゲームに勝《か》ったら、チーム関係《かんけい》なく、全員《ぜんいん》を助《たす》けてもらいたいと思《おも》っていた。だからあきらめたくなかったんだ。

でも、もう私《わたし》一人《ひとり》しか残《のこ》っていないのな

ら。

そして、このゲームがサンプルゲームで、いずれ本格的《ほんかくてき》に、この世界《せかい》にもちこまれてしまうのなら。

それだけは……止《と》めなきゃいけない！

「こんな思《おも》いをするのは、私《わたし》たちだけで十分《じゅうぶん》！　二度《にど》とこんな、悲惨《ひさん》なゲームを開催《かいさい》しないと約束《やくそく》して！」

「……くくくっ」

ゲームマスターが、笑《え》みをこぼした。

「ははははっ……！　なるほど、すばらしい！　とても理想的《りそうてき》な言葉《ことば》だ。まさにあなたは、次世代《じせだい》リーダーにふさわしい」

「なにがおかしいの⁉」

「いえ、感動《かんどう》しているんだよ。君《きみ》の勇気《ゆうき》にね」

ゲームマスターは私《わたし》にむかって、銃《じゅう》を……抜《ぬ》いた。

「いいサンプルが採《と》れた。ご協力《きょうりょく》に感謝《かんしゃ》する」

――パアンッ……！

「さよなら、若菜《わかな》朱里《あかり》さん」

世界《せかい》が止《と》まったような、音《おと》がした。

頭《あたま》が……熱《あつ》い。

目《め》の裏《うら》が……赤《あか》い。

私《わたし》、今《いま》、撃《う》たれたの——……？

……

……——。

…………——。

「……り、朱里《あかり》！」

パチッと目《め》を開《あ》けると、陸斗《りくと》の心配《しんぱい》そうな顔《かお》が飛《と》び込《こ》んでくる。

ぼーっとする頭《あたま》をなんとかしたくて、私《わたし》は何度《なんど》か目《め》をまたたかせた。

「陸斗《りくと》……？」

「よかった！　朱里《あかり》……！」

ゆっくり起《お》き上《あ》がると、そこにはクラスメイト、全員《ぜんいん》がそろっている。

場所《ばしょ》も、学校内《がっこうない》じゃなかった。

床《ゆか》や壁《かべ》は白《しろ》くて、つるっとしている。起《お》きて気《き》づいたけど、私《わたし》は今《いま》までベッドに寝《ね》ていたみたいだった。

真《ま》っ白《しろ》なベッド。そして、その横《よこ》にはたくさんのコードがつながれた大《おお》きな機械《きかい》が、無《む》機質《きしつ》な音《おと》を奏《かな》でている。

「ど、どういうことなの!?　私《わたし》、今《いま》、撃《う》たれてっ……！　ていうか、みんな、無事《ぶじ》なの!?」

花音《かのん》ちゃんが私《わたし》の肩《かた》を抱《だ》いた。

「無事《ぶじ》だよ！　そうだよね、混乱《こんらん》するよね。私《わたし》も……さっき目《め》が覚《さ》めて。それで、先《さき》に起《お》きてたやつに聞《き》いたんだけど……」

花音《かのん》ちゃんたちの話《はなし》を聞《き》く。

私《わたし》たちが寝《ね》かされていたこの場所《ばしょ》は、国《くに》の大《おお》きな研究所《けんきゅうじょ》なんだって。

体育館《たいいくかん》でごちそうを食《た》べた私《わたし》たちは、眠《ねむ》らされている間《あいだ》にここに運《はこ》び込《こ》まれて、頭《あたま》に直接《ちょくせつ》コードをつながれた。

そして、仮想空間《かそうくうかん》……つまり、あのデスゲーム会場《かいじょう》に意識《いしき》だけ送《おく》り込《こ》まれていたんだって。

そうか。

ゲーム中《ちゅう》に、何度《なんど》か引《ひ》っかかっていたことがある。

とつぜん、マス目《め》が現《あらわ》れたこと。強制移動《きょうせいいどう》をさせられたこと。なかったはずの銃《じゅう》やサイコロが現《あらわ》れたこと。現実《げんじつ》では起《お》こりえないことが、たくさん起《お》きた。

あれは、仮想空間《かそうくうかん》だったからなんだ。

「俺《おれ》たちは眠《ねむ》りながら……殺《ころ》し合《あ》いをさせられていたんだ」

陸斗《りくと》が顔《かお》をゆがめながら言《い》う。

「理想的《りそうてき》なリーダーを育《そだ》てるための実験《じっけん》よ」

鳳《おおとり》さんは、目《め》を伏《ふ》せていた。

「追《お》いつめられた状況《じょうきょう》でどのようにピンチを乗《の》り越《こ》えて。その先《さき》になにを望《のぞ》むか。それを実験《じっけん》したかったんだって……。ち……父《ちち》に聞《き》いたわ……」

鳳《おおとり》さんは、くっと喉《のど》を鳴《な》らした。

「仮想空間《かそうくうかん》だから、って言《い》い聞《き》かせられて、ゲームに参加《さんか》したわ。本当《ほんとう》に死《し》ぬことはない。だからゲームがうまく進《すす》むようにお前《まえ》も参加《さんか》しろ、って言《い》われて……。でも、あの体《たい》験《けん》はウソじゃなかった。人《ひと》を殺《ころ》した感覚《かんかく》……死《し》んだときの感覚《かんかく》……。あれは間違《まちが》いなく本《ほん》物《もの》だったわ。こんなこと、止《と》めなきゃいけなかった！　でも、気《き》づいたときには、もう遅《おそ》くて……っ！」

鳳《おおとり》さん、苦《くる》しそう……。

ううん、鳳《おおとり》さんだけじゃない。

このゲームで、私《わたし》たちは……みんな変《か》わってしまった。

かなえちゃんは……私《わたし》と目《め》が合《あ》うと、ビクッとおびえたように体《からだ》をふるわせて、顔《かお》をそらした。

あんなに仲《なか》がよかった星川《ほしかわ》くんと瀬戸《せと》くんも……。

「これから、メディア向《む》けに発表《はっぴょう》があるそうだ」

「発表《はっぴょう》……？」

「そう。俺《おれ》たちはどうやら、サンプルとして『優秀《ゆうしゅう》』だったらしい。ゲーム内《ない》で最善《さいぜん》の選択《せんたく》をしたとして、表彰《ひょうしょう》されるそうだ。もちろん、ゲームの内容《ないよう》は口外禁止《こうがいきんし》。俺《おれ》たちは黙《だま》って笑《わら》っていればいいと、さっき言《い》われたよ。**破《やぶ》ったら……死《し》んでもらうって……**」

「……なに、それ」

つまり、あのゲームマスターたちは、仮想空間《かそうくうかん》に私《わたし》たちを放《ほう》り込《こ》んで、殺《ころ》し合《あ》いさせて。

その結果《けっか》を、表彰《ひょうしょう》するって……言《い》ってるってこと!?

しかも、その内容《ないよう》は口外禁止《こうがいきんし》……!

ひ、ひどいっ……!

くやしい。くやしいよ……!

「仮想空間《かそうくうかん》だから？　しょせん『ゲーム』だから……？　あ、あんなの、ひどすぎる！」

クラスメイトの何人《なんにん》かが大《おお》きくうなずく。

「私《わたし》たち、死《し》んだよ。それがゲームの中《なか》だったとしても！　痛《いた》かったし、苦《くる》しかった！」

頭《あたま》の中《なか》がぐちゃぐちゃだ。

誰《だれ》かに心臓《しんぞう》をつかまれて、めちゃくちゃに引《ひ》き裂《さ》かれたみたいに……あちこちが痛《いた》い。

痛《いた》くて……苦《くる》しいよ……！

「こ……殺《ころ》し合《あ》ったり、裏切《うらぎ》ったりっ……！このゲームさえなかったら、こんな思《おも》いしなくてすんだのに……！」

あちこちで、すすり泣《な》く声《こえ》が聞《き》こえた。

星川《ほしかわ》くんも……かなえちゃんも、柴崎《しばさき》くんも……ううん、ほかのみんなだって。

このゲームがなければ、誰《だれ》かをおとしいれよう、殺《ころ》そうなんて、思《おも》わなかったはずだ。

こんなの……イヤだ。納得《なっとく》できない！

なにもかも、めちゃくちゃにしてやりたくて、どうしようもなくて……！

だから、自分《じぶん》の口《くち》からその言葉《ことば》が出《で》たときに、思《おも》ったんだ。

「ねぇ……復讐《ふくしゅう》しない？」

ああ、私《わたし》、本当《ほんとう》に……心《こころ》の底《そこ》から、怒《おこ》ってるんだ。

「朱里《あかり》……？」

ざわっとクラスメイトたちがざわめいた。

「黙《だま》ってる必要《ひつよう》なんて、ない。すごろくゲームで、私《わたし》たちがどんな目《め》にあったのか……どんなことをさせられたのか！　ぜんぶ！　告発《こくはつ》してやるんだ……！」

「な、なに言《い》ってるの!?　そんなことしたら、私《わたし》たち全員《ぜんいん》、殺《ころ》されるのよ!?」

鳳《おおとり》さんが青《あお》ざめた顔《かお》でそう言《い》った。

「殺《ころ》される前《まえ》に、ぜんぶ話《はな》す。使《つか》えるものは全部使《ぜんぶつか》って、世界中《せかいじゅう》に発信《はっしん》したらどうかな。

そしたらあっという間《ま》に拡散《かくさん》されるよ。どんなことがあったのかたくさんの人《ひと》に知《し》ってもらえば、反対《はんたい》したり、怒《おこ》ってくれたりする人《ひと》たちが出《で》てくると思《おも》うんだ。そうなったら、ゲームマスターだって私《わたし》たちを殺《ころ》せなくなっちゃうんじゃないかなって」

〈一年一組《いちねんいちくみ》のみなさん、お疲《つか》れ様《さま》でした〉

「……それ、最高《さいこう》だな」

私《わたし》の言葉《ことば》に、陸斗《りくと》が笑《わら》った。あちこちで笑《え》みが生《う》まれ、声《こえ》が飛《と》び交《か》う。

「やってやろうぜ」

「なめられてたまるかよ！」

「発信《はっしん》なら任《まか》せて。万《まん》バズさせてやるわよ！」

「若菜《わかな》さん」

鳳《おおとり》さんが、不思議《ふしぎ》な笑《え》みを浮《う》かべて言葉《ことば》を落《お》とした。

「やっぱり、あなたは強《つよ》い。それでこそリーダーよ」

「ちがうよ」

そんなの、私《わたし》は知《し》らない。

「このままやられっぱなしがイヤなだけ！」

そう言《い》うと、鳳《おおとり》さんは目《め》を丸《まる》くして――。

「ほんと、あなたって最高《さいこう》だわ」

と笑《わら》った。


〈これより表彰式《ひょうしょうしき》をおこないます。部屋《へや》から出《で》て、指示《しじ》にしたがってください――……〉

私《わたし》たちは視線《しせん》を交《か》わし合《あ》って。

そして、深《ふか》く、うなずいた。

さあ復讐《ふくしゅう》をはじめよう

――二〇《にせん》××年一月某日《ねんいちがつぼうじつ》。

『ニュース速報《そくほう》です。新宿駅前《しんじゅくえきまえ》の電光掲示板《でんこうけいじばん》に突如《とつじょ》謎《なぞ》の映像《えいぞう》が映《うつ》し出《だ》されるという事件《じけん》が起《お》こりました。その映像《えいぞう》の内容《ないよう》を見《み》た多数《たすう》の人々《ひとびと》が体調不良《たいちょうふりょう》を訴《うった》えております。被《ひ》害状況《がいじょうきょう》は確認《かくにん》されておりません』

『速報《そくほう》です。本日未明《ほんじつみめい》、全世界《ぜんせかい》のあらゆる場所《ばしょ》で謎《なぞ》の映像《えいぞう》が流《なが》されるという事件《じけん》が起《お》こりました。その映像《えいぞう》は子《こ》ども同士《どうし》が殺《ころ》し合《あ》うという残酷《ざんこく》なもので、政府《せいふ》は警察《けいさつ》と協力体制《きょうりょくたいせい》を敷《し》き、二十四時間対策本部《にじゅうよじかんたいさくほんぶ》を設置《せっち》すると――』

『人気子役《にんきこやく》の鷲尾陽菜《わしおひな》、ベストセラー作家《さっか》の葉月《はづき》サラをはじめ、大勢《おおぜい》の子《こ》どもたちが、今《こん》回《かい》の事件《じけん》について声明《せいめい》を発表《はっぴょう》。【復讐《ふくしゅう》だ】と告《つ》げ――』

『記者《きしゃ》：来年度《らいねんど》に導入《どうにゅう》が決《き》まった【次世代《じせだい》リーダー選別試験《せんべつしけん》】で、あのようなことが実際《じっさい》におこなわれると君《きみ》たちは主張《しゅちょう》しているけど、それは本当《ほんとう》なの？
告発者《こくはつしゃ》N：本当《ほんとう》です。映像《えいぞう》の通《とお》りのことが、実際《じっさい》におこなわれました。パパ……いえ、父《ちち》に聞《き》いたところ、導入予定《どうにゅうよてい》の【次世代《じせだい》リーダー選別試験《せんべつしけん》】でも、同様《どうよう》のことがおこなわれることは間違《まちが》いないでしょう』

『テレビやパソコンをつけている方《かた》、今《いま》すぐ電源《でんげん》を落《お》としてください！　このウイルスは電源《でんげん》を切《き》らない限《かぎ》り、攻撃《こうげき》を防《ふせ》ぐことができま――？？？×、す。今《いま》からっすごろくデスゲームを開催《かいさい》いたし……――ジッ……ジジッ……いやあああっ……ジー……』

『いいぞ、朱里《あかり》。だいぶ盛《も》り上《あ》がってきているみたいだ』
ヘッドセットごしに陸斗《りくと》の声《こえ》が聞《き》こえて、私《わたし》は思《おも》わずガッツポーズをした。
防音設備《ぼうおんせつび》が完璧《かんぺき》なこの部屋《へや》は、鳳《おおとり》さんが用意《ようい》してくれたもの。

私《わたし》たちの秘密基地《ひみつきち》だ。

「あんな映像《えいぞう》、よく拾《ひろ》えたよね」

『それは柴崎《しばさき》のおかげだ。あいつ、ハッカーの素質《そしつ》あるよ。あの研究施設《けんきゅうしせつ》の頭脳《ずのう》にアタックして、例《れい》のデータを引《ひ》っ張《ぱ》り出《だ》してくれたんだ』

「陸斗《りくと》のおかげで、ネットワークもジャックできたし、さすがだね」

そう言《い》うと、ヘッドセットの向《む》こうで陸斗《りくと》の『やめろよ』と笑《わら》う声《こえ》が聞《き》こえる。

『今日《きょう》は鳴海《なるみ》がしかけるんだな』

お父《とう》さんが政治家《せいじか》の鳴海《なるみ》くんは、自《みずか》ら進《すす》んで週刊誌《しゅうかんし》の取材《しゅざい》を受《う》けた。

素性《すじょう》はバラしていないけど、内容《ないよう》から「あの政治家《せいじか》の息子《むすこ》では?」とSNS《エスエヌエス》で話題《わだい》になっている。

それを万《まん》バズさせたのは、現役《げんえき》インフルエンサーの花音《かのん》ちゃん。

花音《かのん》ちゃんは今回《こんかい》の騒動《そうどう》の火《ひ》つけ役《やく》。SNS《エスエヌエス》でいろんなウワサを拾《ひろ》っては、それをバズらせてくれている。

すでに声明《せいめい》を出《だ》しているサラさんのそばには、飛鳥《あすか》くんがついてる。繊細《せんさい》なサラさんをきっと彼《かれ》がフォローしてくれているだろう。

陽菜《ひな》さんは海外《かいがい》から声明《せいめい》を出《だ》した。日本《にほん》だけではなく全世界《ぜんせかい》から注目《ちゅうもく》されたきっかけになったのは、陽菜《ひな》さんのおかげ。

あの、地獄《じごく》のような表彰式《ひょうしょうしき》から数《すう》か月《げつ》がたった。

ほかのクラスメイトたちも、みんな協力《きょうりょく》してくれて……ようやく、私《わたし》たちは動《うご》き出《だ》せた。

ふいに肩《かた》を叩《たた》かれる。

ふりむいた、そこには。

「かなえちゃん、鳳《おおとり》さん……！」

かなえちゃんと私《わたし》は、あの事件《じけん》のあと、めいっぱいケンカした。

それこそ絶交《ぜっこう》レベルでお互《たが》い言《い》いたいこと言《い》い合《あ》って……なんか、スッキリしちゃったんだよね。だから、今《いま》は、一時休戦《いちじきゅうせん》。

鳳《おおとり》さんはお父《とう》さん……ゲームマスターと決別《けつべつ》した。いろんなツテを利用《りよう》して、中学生《ちゅうがくせい》ながら自分《じぶん》で事業《じぎょう》を起《お》こして、あっという間《ま》に軌道《きどう》に乗《の》せた。

今回《こんかい》の作戦《さくせん》を決行《けっこう》できているのも、鳳《おおとり》さんのサポートのおかげなんだ。

「おつかれ、朱里《あかり》。……いよいよだね」

「うん」
今日《きょう》は鳴海《なるみ》くんが声明《せいめい》を出《だ》す。あの週刊誌《しゅうかんし》の記事《きじ》は事実《じじつ》です、と彼《かれ》の口《くち》から告発《こくはつ》すれば、きっと誰《だれ》も無視《むし》できない。

そして、【とっておき】が、もうひとつ。
鳳《おおとり》さんが、私《わたし》を見《み》て、しっかりとうなずいた。
『朱里《あかり》、そろそろだ』
ヘッドセットから陸斗《りくと》の声《こえ》が聞《き》こえる。
みんなからも、続々《ぞくぞく》と通知《つうち》が飛《と》んでくる。
パソコンの画面《がめん》に見知《みし》った顔《かお》が並《なら》んだ。みんな、緊張《きんちょう》した顔《かお》をしてる。
でも、その顔《かお》には覚悟《かくご》があった。
私《わたし》はつばを飲《の》み込《こ》んで。
そして――!

「さあみんな、復讐《ふくしゅう》をはじめよう!」

「なぜ、こんなことになっているのだ！」

あまりのいらだちに机《つくえ》をなぐりつけると、部下《ぶか》の者《もの》たちが首《くび》をすくめた。

イライラが抑《おさ》えられずに、私《わたし》はもう一度《いちど》机《つくえ》を拳《こぶし》でなぐる。

「お前《まえ》たちは何《なに》をしていたんだ！　見張《みは》っていろとあれほど言《い》っただろう！」

鳳《おおとり》財閥《ざいばつ》が誇《ほこ》る作戦会議室《さくせんかいぎしつ》。通称《つうしょう》【指令室《しれいしつ》】で、私《わたし》は部下《ぶか》たちを叱《しか》り飛《と》ばしていた。

電光掲示板《でんこうけいじばん》にすごろくデスゲームの内容《ないよう》が映《うつ》し出《だ》された事件《じけん》から、私《わたし》たちは対応《たいおう》に追《お》われている。

しかも今日《きょう》は、あの政治家《せいじか》の息子《むすこ》とやらが、ついに自分《じぶん》の名前《なまえ》を出《だ》して告発《こくはつ》に踏《ふ》み切《き》ったらしい。

この件《けん》に、私《わたし》たちが関《かか》わっているのがバレるのも時間《じかん》の問題《もんだい》だ……！

「お言葉《ことば》を返《かえ》すようですが！　あの子《こ》どもたちは規格外《きかくがい》です！」

「あんなことができるだなんて……！　防《ふせ》ぎようがありません……！」

「ええい、だまれ！」

――ガンッ！

「くそ、いまいましいガキどもめ……！」

机《つくえ》をけりとばし、私《わたし》は唇《くちびる》に笑《え》みを浮《う》かべた。

「全員殺《ぜんいんころ》せ」

そうだ。あいつらとはもともとそういう約束《やくそく》をしているのだ。

破《やぶ》ったのはガキどもだ！

「殺《ころ》せ！　ガキどもをみな殺《ごろ》しだ！」

大人《おとな》を怒《おこ》らせたらどうなるか、見《み》せてやろうじゃないか……！

拳《こぶし》をふりあげた、そのとき——。

『鳳《おおとり》さん！　先《さき》ほどの音声《おんせい》はあなたのものですね!?』

「な、なんだ!?」

「た、大変《たいへん》です！　外《そと》に……マスコミが大勢集《おおぜいあつ》まっています！」

「やった……！　やったあ!!」

私《わたし》は思《おも》わずガッツポーズをした。

そのままの勢《いきお》いで、うしろで一緒《いっしょ》に画面《がめん》を見守《みまも》っていた鳳《おおとり》さんやかなえちゃんともハイタッチをする。

パソコンで共有《きょうゆう》していた画面《がめん》には、ゲームマスターたちの慌《あわ》てふためく姿《すがた》がばっちりと映《うつ》っていた。

スマホでSNS《エスエヌエス》を見《み》ると、さっきのゲームマスターたちの『ガキどもをみな殺《ごろ》しだ！』という音声《おんせい》が拡散《かくさん》されて、大炎上《だいえんじょう》している。

成功《せいこう》だ！

「おめでとう、若菜《わかな》さん！」

「鳳《おおとり》さんがしかけてくれた、カメラと盗聴器《とうちょうき》のおかげだよ！」

そう！　実《じつ》は、私《わたし》たちの切《き》り札《ふだ》はコレだったんだ！

ゲームマスターと決別《けつべつ》する前《まえ》に、鳳《おおとり》さんがあいつらのヒミツの部屋《へや》にしかけてくれた、私《わたし》たちの【とっておき】。

今回《こんかい》のドタバタであせったゲームマスターたちは、きっと私《わたし》たちを殺《ころ》す相談《そうだん》をする。

それを録音《ろくおん》して拡散《かくさん》すれば、ゲームマスターたちを捕《つか》まえることができるかもしれないって考《かんが》えたんだ。

鳳《おおとり》さんがカメラと盗聴器《とうちょうき》をしかけて、データを取《と》る。

データは柴崎《しばざき》くんが陸斗《りくと》と一緒《いっしょ》に開発《かいはつ》したシステムを通《とお》して、あっという間《ま》にSNS《エスエヌエス》に転送《てんそう》される。そして、それを花音《かのん》ちゃんたちがバズらせる！

マスコミの人《ひと》たちに情報《じょうほう》を流《なが》したのは、ツテをたくさん持《も》ってる陽菜《ひな》さん！

あらかじめ、今日《きょう》この日《ひ》に鳳《おおとり》財閥関連《ざいばつかんれん》で事件《じけん》が起《お》こると伝《つた》えておいて、ゲームマスターたちに逃《に》げる時間《じかん》を与《あた》えないようにしたんだ。

そして！


――ウー！　ウー！

画面《がめん》の向《む》こうで、サイレンの音《おと》が聞《き》こえた。

警察《けいさつ》だ！

部屋《へや》に踏《ふ》み込《こ》んだ警察《けいさつ》の人《ひと》たちは、あっという間《ま》にゲームマスターたちを取《と》り囲《かこ》んだ！

『もう……おしまいだ！』

『くそ……！　くそおおおおっ！』

次々《つぎつぎ》とゲームマスターとその仲間《なかま》たちが連行《れんこう》されていく。

ああ……やった、やったんだ！

「私《わたし》たち、成功《せいこう》したんだ……！」

「朱里《あかり》！」

かなえちゃんが私《わたし》の腕《うで》にぎゅっと抱《だ》きついた。

鳳《おおとり》さんも、目《め》に涙《なみだ》を浮《う》かべてほほ笑《え》んでいる。

『やったな！　完全勝利《かんぜんしょうり》だ……！』

陸斗《りくと》の声《こえ》がヘッドセットの向《む》こうから聞《き》こえた。

私《わたし》はその声《こえ》にうなずくと、目《め》じりにたまった涙《なみだ》をぬぐって、ヘッドセットのマイクをオンにする！

「みんな！」

パソコンの画面《がめん》が切《き》り替《か》わる。

クラスメイトたちの泣《な》き笑《わら》いでぐしゃぐしゃの顔《かお》がパッと映《うつ》し出《だ》されて、さっきおさまったはずの涙《なみだ》がまたこみあげてくる。

あの日《ひ》……ゲームの中《なか》で起《お》こったできごとを忘《わす》れる日《ひ》はないんだろうな。

けど、私《わたし》たちは今《いま》こうして泣《な》いて、笑《わら》って。

それが、今《いま》ね。すごく……うれしいんだ！

「みんな、本当《ほんとう》にありがとう！」

ヘッドセットの向《む》こうで、興奮《こうふん》したクラスメイトたちの大歓声《だいかんせい》がいつまでも……いつまでも、聞《き》こえていた。

END

あとがき

こんにちは！　野月《のづき》よひらです。

デスゲームは二作目《にさくめ》です。前作《ぜんさく》を読《よ》んでくださった方《かた》も、今作《こんさく》が初《はじ》めてという方《かた》も、たくさんある本《ほん》の中《なか》から『クラス崩壊《ほうかい》すごろくゲーム』をお手《て》に取《と》っていただきまして、本《ほん》当《とう》にありがとうございます！

今作《こんさく》はすごろくがテーマです。せっかくなので、二《ふた》つのチームで戦《たたか》ったらどうなるかな？というところから考《かんが》えました。

どんなルールがあれば怖《こわ》くなるかな？　ゾッとしてもらうにはどうしたらいいかな？と試行錯誤《しこうさくご》しながら書《か》くのはとても楽《たの》しかったです。

すごろくならではの展開《てんかい》や、しかけもたっぷり詰《つ》め込《こ》みました！

えっ、そんな展開《てんかい》に!?そんなことってある!?とハラハラドキドキしていただけたら嬉《うれ》しいです。

「こんなところが怖《こわ》かった！」「おもしろかった！」などがあれば、ぜひ感想《かんそう》を聞《き》かせてくださいね！

最後《さいご》に。

とても素敵《すてき》な表紙《ひょうし》や挿絵《さしえ》を担当《たんとう》してくださった、なこさま。

キャラクターたちがとてもイキイキと描《えが》かれていて、表情《ひょうじょう》も素敵《すてき》で……！　すごく嬉《うれ》しいです！　本当《ほんとう》にありがとうございます！

本作《ほんさく》の書籍化《しょせきか》に関《かか》わってくださったすべての皆《みな》さま、支《ささ》えてくれた家族《かぞく》や我《わ》が家《や》の猫《ねこ》たち、友人《ゆうじん》の皆《みな》さま。いつも本当《ほんとう》にありがとうございます。

そして、今《いま》このあとがきを読《よ》んでくださっている、読者《どくしゃ》の皆《みな》さま。皆《みな》さまのおかげで書《か》き続《つづ》けられます。ありがとうございます！

またどこかでお会《あ》いできる日《ひ》を願《ねが》って。

二〇二四年　十二月二十日　野月《のづき》よひら

野いちごジュニア文庫

著・野月よひら（のづき　よひら）
東京都在住の小説家。2022年第2回「野いちごジュニア文庫大賞」大賞受賞。著作に『見えちゃうなんて、きいてません！』シリーズ（野いちごジュニア文庫）、『学級崩壊ゲーム 仲よしクラスの絆は本物？』（野いちごジュニア文庫）『超新釈5分後にエモい古典文学』（スターツ出版）などがある。

絵・なこ
柔らかく温かみのある光の表現が得意なイラストレーター。三度の飯よりかわいい女の子が好き。

クラス崩壊すごろくゲーム

2024年12月20日 初版第1刷発行

著　　者　野月よひら　
発 行 人　菊地修一
デザイン　北國ヤヨイ（ucai）
発 行 所　スターツ出版株式会社
〒104-0031 東京都中央区京橋1-3-1 八重洲口大栄ビル7F
TEL 03-6202-0386（出版マーケティンググループ）
TEL 050-5538-5679（書店様向けご注文専用ダイヤル）
https://starts-pub.jp/
印 刷 所　大日本印刷株式会社

Printed in Japan
ISBN 978-4-8137-8192-9 C8293

この物語はフィクションです。
実在の人物、団体等とは一切関係がありません。

ファンレターのあて先

〒104-0031　東京都中央区京橋1-3-1 八重洲口大栄ビル7F
スターツ出版（株）書籍編集部 気付
野月よひら先生
いただいたお便りは編集部から先生におわたしいたします。